啄木「ローマ字日記」を読む

西連寺成子
Shigeko Sairenji

教育評論社

はじめに

石川啄木の「ローマ字日記」はおもしろい。「ローマ字日記」とは、歌人として知られている啄木が二十三才の時に三カ月にわたってローマ字で書き記したものである。啄木は一九一二（明治四十五）年四月十三日に二十六歳で亡くなった。この日記は百年以上も前の記録なのだが、それにもかかわらず現代の私達を惹きつける魅力に溢れている。その魅力とは、啄木が素の自分を晒していることに他ならない。当時の啄木は苦悩や葛藤に苛まれ、必死に自分を持ちこたえているような状態であった。だが彼はやがて、自分の目標を見つけて前に歩み出していく。その分岐点にあたるのが「ローマ字日記」なのである。

本書では、第一部として「ローマ字日記」を掲載した。ただし読みやすさを考慮し、日記本文のローマ字は一部を示すにとどめ、全体を漢字平仮名交じり文で表記した。第二部では、「ローマ字日記」以後の短歌、詩、評論、小説をとりあげ、啄木の変化を論じている。挫折時代から変わりゆく啄木の姿が読者の心に届き、生きるヒントになれば嬉しいと思う。

「ローマ字日記」を読む◉目次

五月

六月

第二部　「ローマ字日記」以降の啄木

第一部

「ローマ字日記」を読む

凡　例

一．「ローマ字日記」原文は原則ローマ字表記であるが（一部英文表記の部分を除く）、本書では読みやすさを考慮して漢字仮名交じり文の表記とした。

一．ローマ字の翻字については、函館市立中央図書館啄木文庫蔵「NIKKI 1：MEIDI42 NEN,1909」原本のコピー版で全て確認しながら、『石川啄木全集』（筑摩書房）、『啄木・ローマ字日記』（岩波文庫）等を参照しつつ作業を行った。また、原本中にある明らかな誤字・脱字については原文通りとした。

一．固有名詞は、明らかに確認できないものについてはカタカナで表記した。数字については、原文で算用数字を使用しているものは原文通りとした。記号――と……については短縮している。

一．四月十二日の日記の後に見開き二頁分で掲げられている「国音羅馬字法略解」については省略した。

一．「ローマ字日記」には現在では不適切と思われる表現があるが、作家性・時代性を鑑みて原文表記のまとした。

四月
東京

本郷区森川町一番地新坂
三五九号蓋平館別荘にて

七日　水曜日

晴れた空にすさまじい音をたてて、激しい西風が吹き荒れた。三階の窓という窓は絶え間もなくガタガタ鳴る。その隙間からは、はるか下から立ち昇った砂ほこりがサラサラと吹き込む。そのくせ、空に散らばった白い雲はちっとも動かぬ。午後になって風はようよう落ちついた。

春らしい日影が窓の磨りガラスを暖かに染めて、風さえなくば汗でも流れそうな日であった。いつも来る貸本屋のおやじ、手のひらで鼻をこすりあげながら、「ひどく吹きますなあ、」と言って入って来た。「ですが今日中にゃ東京中の桜が残らず咲きますぜ、風があったって、あなた、この天気でございますもの。」

「とうとう春になっちゃったねえ！」と予は言った。無論この感慨はおやじにはわかりっこはない。「エー！　エー！」とおやじは答えた。「春はあなた、私どもには禁物でございますね、貸本は、もう、からだめでがす。本なんか読むよりゃ、また、遊んで歩いた方がようがすから、無理もないんですが、読んで下さる方も自然とこう長くばかりなりますんでね。」

昨日社から前借《ぜんしゃく》した金の残り、5円紙幣[1]が一枚サイフの中にある、午前中はそればっかり気になって、仕様がなかった。この気持ちは、平生《へいぜい》金のある人が急に持たなくなった時と同じ様な気がかりかも知れぬ。どちらもおかしいことだ、同じ様におかしいには違いないが、その幸不幸には大した違いがある。

仕様ことなしに、ローマ字の表などを作ってみた。表の中から、時々、津軽の海の彼方《かなた》にいる母や妻《さい》のことが浮かんで予の心をかすめた。「春が来た、四月になった。春！　春！　花も咲く！　東京へ来てもう一年だ！………が、予はまだ予の家族を呼びよせて養う準備ができぬ！」近頃、日に何回となく、予の心の中をあちらへ行き、こちらへ行きしてる、問題はこれだ………

そんならなぜこの日記をローマ字で書くことにしたか？　なぜだ？　予は妻を愛してる。愛してるからこそこの日記を読ませたくないのだ、――しかしこれはうそだ！　愛してるのも事実、読ませたくないのも事実だが、この二つは必ずしも関係していない。

そんなら予は弱者か？　否、つまりこれは夫婦関係という間違った制度があるために起こるのだ。夫婦！　何という馬鹿な制度だろう！　そんならどうすればよいか？

悲しいことだ！

札幌の橘智恵子[2]さんから、病気が治って先月26日に退院したというハガキが来た。

今日はとなりの部屋へ来ている京都大学のテニスの選手等の最後の決戦日だ。みんな勇ましく出て行った。

昼飯《ひるめし》を食っていつものごとく電車で社に出た。[3] 出て、広い編集局の片隅でおじいさんたちと一緒に校正をやって、夕方5時半頃、第一版が校了になると帰る。これが予の生活のための日課だ。

今日、おじいさんたちは心中の話をした。何という鋭い Irony だろう！ また、足が冷えて困る話をして、「石川君は、年寄りどもが何をゆうやらと思うでしょうね、」と、卑しい、助平《すけべい》らしい顔の木村じいさんが言った。「ハ、ハ、ハ、………、」と予は笑った。これも又立派な Irony だ！

帰りに、少し買物をするため、本郷の通りを歩いた。大学構内の桜は、今日一日に半分ほど開いてしまった。世の中はもうすっかり春だ。行《ゆ》き来の人の群がった巷の足音は何《なに》とはなく心を浮き立たせる。どこから急に出て来たかと怪しまれるばかり、美しい着物を着た美しい人がゾロゾロと行く。春だ！ そう予は思った。そして、妻のこと、可愛《かあい》い京子のことを思い浮かべた。四

1　物価等の状況が異なるため一概には言えないが、当時の一円は現代の一万円前後と考えられる。

2　札幌出身で啄木が函館の弥生小学校に代用教員として勤務していた時の同僚教師。啄木は『一握の砂』の中で智恵子のことを多くの歌に詠んでいる。

3　東京朝日新聞社。啄木は明治四十二年三月一日から校正係として勤務していた。初任給は二十五円、夜勤手当が一円であった。

月までにきっと呼び寄せる、そう予は言っていた。そして呼ばなかった、否、呼びかねた。おお、予の文学は予の敵だ、そして予の哲学は予のみずからあざける論理に過ぎぬ！　予の欲するものは沢山あるようだ。しかし、実際はほんの少しではあるまいか？　金だ！

隣室の選手どもはとうとう東京方に負けたらしい。8時頃、金田一君[4]と共に通りに新しく建った活動写真を見に行った。説明をする男はいずれもまずい。そのうちに一人、シモドマイという中学時代の知人に似た男があって、聞くに堪えないような洒落《しゃれ》を言っては観客を笑わしているのがあった。予はその男を見ながら、中学一年の時机を並べたことのある、そしてその後予らの知らぬ社会の底をくぐって歩いたらしいミヤナガサキチ君のことを思い出していた。ミヤナガがある活動写真の説明士[5]になったというような噂を聞いていたので。

10時過ぎ、帰って来ると、隣室は大騒ぎだ。慰労会に行って酔っぱらってきた選手の一人が、電灯をたたきこわし、障子の桟《さん》を折って暴れている。その連中の一人なるサカウシ君に部屋の入り口《くち》で会った。これは予と高等小学校[6]の時の同級生で、今は京都大学の理工科の生徒。8年も会わなかった旧友だ。金田一君と三人予の部屋へ入って1時頃までも子供らしい話をして、キャ、キャ、と騒いだ。そのうちに隣室の騒ぎは静まった。春の夜――一日の天気に満都の花の開いた日の夜《よ》は更《ふ》けた。

寝静まった都の中に一人目覚めて、おだやかな春の夜の息を数えていると、三畳半の狭い部屋の中の予の生活は、いかにも味気《あじき》なく、つまらなく感ぜられる。この狭い部屋の中に、何《なに》とも知れぬ疲れにただ一人眠っている姿はどんなであろう。人間の最後の発見は、人間それ自身がちっとも偉くなかったということだ！

予はこのけだるい不安と強《し》いて興味を求めようとする浅はかな望みを抱いて、この狭い部屋にずいぶん長いこと――200日あまりも過ごしてきた。いつになれば…………否！

枕の上で、『ツルゲーネフ[7]短編集』を読む。

4　金田一京助（一八八二～一九七一）。アイヌ語研究を主とした言語学者。盛岡高等小学校で出会って以来の友人で、明治四十一年四月上京以降の啄木の単身時代には、同じ下宿に住み、行き来し合う仲であった。啄木のために下宿先と交渉をしたり、未払いの下宿料を立て替えたりしたこともあった。

5　活動写真の弁士。当時の活動写真は無声だったため、上映時に画面に合わせたセリフを言ったり説明をしたりする役割を担っていた。

6　盛岡高等小学校のこと。啄木在籍当時の教育制度下では、義務教育を授ける四年制の尋常小学校に続く四年制の教育機関であり、義務教育課程ではない。当時の盛岡高等小学校には県内全域から優秀な子弟が集まっていた。

7　ロシアの作家（一八一八～一八八三）。二葉亭四迷の「あひびき」の翻訳（明治二十一年）により日本にも知られるようになった。啄木は『その前夜』や『浮草』等のツルゲーネフ作品を読んでいる。

column

——「ローマ字日記」をはじめるまで——

日記をローマ字で綴る——私達が通常使い慣れている漢字仮名交じりの表記から、用いる文字をローマ字に変えたことによって、近代文学史上例を見ない「ローマ字日記」というテクストが出現した。その前後の啄木の日記と比較すれば、ローマ字日記がどれほど異彩を放つかは明らかである。

ローマ字で日記を綴る試みは「ローマ字日記」が始まる四日前からみられる。これまで啄木には日記の仕切り直しに伴い文体を変える傾向があったが（コラム「文字と文体」参照）、四月三日から六日までの試みは、口語文体で書き継がれていた「明治四十二年当用日記」の中で唐突に始められた。そういった点からも、この四日間はローマ字表記による文章の〈試用期間〉と捉えるのが妥当だ。その〈試用〉のきっかけには、山本鼎らの発行していた美術雑誌『方寸』や、北原白秋の詩集『邪宗門』などによる影響があったということが既に指摘されている（遊座昭吾『石川啄木の世界』）。

啄木は彼らのローマ字による作品を読み、あるいは目で見て、刺激を受けローマ字で文章を書き始める。だがここで、啄木と彼らとの違いを見過ごしてはならない。この時の啄木は己の作品においてローマ字化を試みたのではなく、あくまで個人的な営為の場である日記にローマ字を用いたのである。友人たちの影響を素直に受け止めていたのなら、啄木もまた詩や短歌をローマ字で書いてみればよいだけのことである。ゆえに、ローマ字で日記を書くという選択は、白秋をはじめとする友人たちが作品上ローマ字を用いたこととは異なる意味を持つ。では啄木がローマ字表記に見出していたものとは何か。

四月三日以前に、日記の中で啄木が部分的にローマ字を用いた事実を考えてみよう。それは売春婦の氏名と屋号だけをローマ字で記した明治四十一年十一月の日記で、この時ローマ字は書き記しておきたい気持ちと隠蔽したい気持ちとの狭間《はざま》で用いられる文字として機能している。この頃から啄木にとってのローマ字は〈書きたいが隠しておきたい〉時に用いる文字という役割を担っていたのである。これが友人たちと異なる点であり、このような役割を持つローマ字をあえて作品に用いる意味は啄木にはなかった。言いかえれば、〈書きたいが隠しておきたい〉時に便利なローマ字の特徴を「試用期間」以前から知っていたが、ただ、それを文章に採用するという発想がなかっただけなのだ。従って、啄木にとってローマ字で文章を書く試みは、まず日記のなかでなされるべきだった。

では、初めてローマ字で文章を書いた〈試用期間〉の部分を見直してみよう。六日の最後に「塔下苑を犬のごとくうろつき廻った。馬鹿な！」とあることに注意したい。実は啄木が塔下苑に行く自分をこのように嘲る言葉で表現するのは初めてなのである。啄木はこの夜、勤めている新聞社から給料十八円を前借し、十円を下宿に払い、浅草で三円を散財した（翌七日の日記に五円紙幣が一枚だけ残っていると書いてあることから判断できる）。行った所は浅草の活動写真と塔下苑である。おそらく啄木は塔下苑で売春婦を買い、そんな自分を「犬のごとく」「馬鹿な！」と嘲り罵ったのである。それ以前の日記の中でも塔下苑に行った記事は散見できるが、ここまで露骨に自らを責めた記述はない。それがローマ字で日記を書くことによって可能になったのだ。〈試用期間〉四日目にして啄木は、ローマ字であれば、これまで自分が漢字仮名まじり文では書き得なかった塔下苑での売春や買春してしまう自分への批判も書けるのだと気付いたのである。

日記には常にありのままを吐露できるとは限らない。売春婦を買った事実やそれに付随する様々な感情を正直に書こうとしても歯止めがかかってしまう。初めて売春婦を買った時ですら「妙な気持」という曖昧な言葉でしか表わし得なかった啄木である。けれどもローマ字で日記を書けば、ストレートな自己批判ができ、そのうえ隠すことも可能なのだという事実に辿りつく。それは漢字仮名交じり表記に慣れた日本人にとって、ローマ字が一見すると単なる記号の羅列に見え、読む際にも意外に面倒なものとなるからだが、この事実に気付いたことが啄木が「ローマ字日記」を始める直接的なきっかけとなったのである。

ローマ字書きの〈試用期間〉は、四月六日で区切られていた。つまり、啄木は四月六日に何かをつかんだのである。そこで六日の記述内容に意味があることになるが、この日に書かれているのは下宿代の督促、北原白秋の『邪宗門』についての感想、そして給料前借後の行動だ。これまでの日記と比べ、塔下苑についての部分だけが従来の啄木日記の叙述の仕方と明らかに異なることに注目すれば、ここに啄木が「ローマ字日記」として仕切り直した契機を見出すことができるだろう。「塔下苑を犬のごとくうろつき廻った。馬鹿な!」この短いながらも正直な一節が「ローマ字日記」を生みだすことになったのである。

〈4月7日　ローマ字日記原文〉

4月7日の日記原文　便宜上、右頁から左頁に記述が進むように構成した。

APRIL.

TOKYO

7TH. WEDNESDAY

HONGO-KU　MORIKAWA-TYO　1 BANTI,

SINSAKA 359 GO,GAIHEI-KAN-BESSO NITE.

Hareta Sora ni susamajii Oto wo tatete, hagesii Nisi-kaze ga huki areta. Sangai no Mado to yû Mado wa Taema mo naku gata-gata naru, sono Sukima kara wa, haruka Sita kara tatinobotta Sunahokori ga sara-sara to hukikomu: sono kuse Sora ni tirabatta siroi Kumo wa titto mo ugokanu. Gogo ni natte Kaze wa yô-yô otituita.

Haru rasii Hikage ga Mado no Surigarasu wo atataka ni somete, Kaze sae nakuba Ase de mo nagare sô na Hi de atta. Itu mo kuru Kasihonya no Oyadi, Te-no-hira de Hana wo kosuriage nagara, "Hidoku huki masu nâ." to itte haitte kita. "Desuga, Kyô-dyû nya Tôkyô-dyû no Sakura ga nokorazu saki masu ze. Kaze ga attatte, anata, kono Tenki de gozai masu mono."

"Tôtô Haru ni nattyatta nê !" to Yo wa itta. Muron kono Kangai wa Oyadi ni wakarikko wa nai. "Eh ! eh !" to Oyadi wa kotaeta: "Haru wa anata, watasidomo ni wa Kinmotu de gozai masu ne. Kasihon wa, moh, kara Dame de gasu: Hon nanka yomu yorya mata asonde aruita hô ga yô-gasu kara, Muri mo naindesu ga, yonde kudasaru kata mo sizen to kô nagaku bakari narimasunde ne."

Kinô Sya kara Zensyaku sita Kane no nokori, 5 yen Sihei ga iti-mai Saihu no naka ni aru; Gozen-tyû wa sore bakkari Ki ni natte, Siyo ga nakatta. Kono Kimoti wa, heizei Kane no aru Hito ga kyû ni motanaku natta toki to onaji yô na Kigakari ka mo sirenu: dotira mo okasii koto da, onaji yô ni okasii ni wa tigai nai ga, sono Kô-hukô ni wa taisita Tigai ga aru.

Siyô koto nasi ni, Rôma-ji no Hyô nado wo tukutte mita. Hyô no naka kara, toki-doki, Tugaru-no-Umi no kanata ni iru Haha ya Sai no koto ga ukande Yo no Kokoro wo kasumeta. " Haru ga kita, Si-gatu ni natta. Haru ! Haru ! Hana mo saku ! Tokyô e kite mô iti-nen da ! ....Ga, Yo wa mada Yo no Kazoku wo yobiyosete yasinau Junbi ga dekinu ! " Tika-goro, Hi ni nankwai to naku, Yo no Kokoro no naka wo atira e yuki, kotira e yuki siteru, Mondai wa kore da ....

Sonnara naze kono Nikki wo Rômaji de kaku koto ni sitaka ? Naze da ? Yo wa Sai wo aisiteru ; aisiteru kara koso kono Nikki wo yomase taku nai no da. —— Sikasi kore wa Uso da ! Aisiteru no mo Jijitu, yomase taku nai no mo Jijitu da ga, kono Hutatu wa kanarazu simo Kwankei site inai.

Sonnara Yo wa Jakusya ka ? Ina, Tumari kore wa Hûhu-kwankei to yû matigatta Seido ga aru tame ni okoru no da. Hûhu ! nan to yû Baka na Seido darô ! Sonnara dô sureba yoi ka ?

Kanasii koto da !

Sapporo no Tatibana Tie-ko-san kara, Byôki ga naotte Sengetu 26 niti ni Taiin sita to yû Hagaki ga kita.

Kyô wa Tonari no Heya e kite iru Kyôto Daigaku no Tenisu no Sensyu-ra no Saigo no Kessenbi da. Minna isamasiku dete itta.

Hiru-mesi wo kutte itu mo no gotoku Densya de Sya ni deta. Dete, hiroi Hensyû-kyoku no Kata-sumi de Odiisan tati to issyo ni Kôsei wo yatte, Yûgata 5 ji-han goro, Dai-ippan ga Kôryô ni naru to kaeru : kore ga Yo no Seikwatu no tame no Nikkwa da.

Kyô, Odiisan tati wa Sindyû no Hanasi wo sita. Nan to yû surudoi lrony darô ! Mata, Asi ga hiete komaru Hanasi wo site, " Isikawa-kun wa, Tosiyoridomo ga nani wo yû yara to omô de syô ne."to, iyasii sukebei rasii Kao no Kimura diisan ga itta.
" Ha, ha, ha ....," to Yo wa waratta. Kore mo mata rippa na Irony da !

Kaeri ni, sukosi Kaimono wo suru tame, Hongô, no Tôri wo aruita. Daigaku Kônai no Sakura wa Kyô iti-niti ni hanbun hodo hiraite simatta. Yono-naka wa mô sukkari Haru da. Yukiki no Hito no muragatta Timata no Asi-oto wa nani to wa naku Kokoro wo ukitataseru. Doko kara kyû ni dete kita ka to ayasimareru bakari, utukusii Kimono wo kita utukusii Hito ga zoro-zoro to yuku. Haru da ! sô Yo wa omotta. Sosite, Sai no koto, kaaii Kyô-ko no koto wo omoiukabeta. Sigatu made ni kitto yobiyoseru, sô Yo wa itte ita : sosite yobanakatta, ina, yobi kaneta. Ah ! Yo no Bungaku wa Yo no Teki da, sosite Yo no Tetugaku wa Yo no midukara azakeru Ronri ni suginu ! Yo no hossuru Mono wa takusan aru yô da : sikasi jissai wa hon no sukosi de wa arumaika ? Kane da !

Rinsitu no Sensyu-domo wa tô-tô Tokyô gata ni maketa rasii. 8ji-goro, Kindaiti-kun to tomo ni Tôri ni atarasiku tatta Kwatudô-syasin wo mi ni itta. Setumei wo suru Otoko wa idure mo madui. Sono uti ni hitori, Simodomai to yû Tyûgaku-jidai no Tijin ni nita Otoko ga atte, kiku ni taenai yô na Syare wo itte wa Kwankaku wo warawasite iru no ga atta. Yo wa sono Otoko wo mi nagara, Tyûgaku iti-nen no toki Tukue wo narabeta koto no aru, sosite sono go Yo-ra no siranu Syakwai no Soko wo kugutte aruita rasii Miyanaga Sakiti-kun no koto wo omoidasite ita. Miyanaga ga aru Kwatudo-syasin no Setumei-si ni natta to yû yô na Uwasa wo kiite ita no de.

10ji-sugi, kaette kuru to, Rinsitu wa Ôsawagi da. Irô-kwai ni itte yopparatte kita Sensyu no hitori ga, Dentô wo tataki kowasi, Syôji no San wo otte abarete iru. Sono Rentyû no hitori naru Sakausi-kun ni Heya no Irikuti de atta. Kore wa Yo to Kôtô-Syôgakko no toki no Dôkyûsei de, ima wa Kyôto Daigaku no Ri-kôkwa no Seito, 8 nen mo awanakatta Kyûyû da. Kin-daiti-kun to san-nin Yo no Heya e haitte 1 ji goro made mo Kodomo rasii Hanasi wo site, kya, kya, to sawaida. Sono uti ni Rinsitu no Sawagi wa sizumatta. Haru no Yo —— iti-niti no Tenki ni Manto no Hana no hiraita Hi no Yo wa huketa.

Nesizumatta Miyako no naka ni hitori mezamete, odayaka na Haru no Yo no Iki wo kazoete iru to, san-dyô-han no semai Heya no naka no Yo no Seikwatu wa, ika-ni mo adiki naku tumaranaku kanzerareru. Kono semai Heya no naka ni, nani to mo sirenu Tukare ni tada hitori nemutte iru Sugata wa donna de arô. Ningen no Saigo no Hakken wa, Ningen sore jisin ga tittomo eraku nakatta to yû koto da !

Yo wa, kono kedarui Huan to siite Kyômi wo motome yô to suru asahaka na Nozomi wo daite, kono semai Heya ni zuibun nagai koto —— 200 niti amari mo sugosite kita. Itu ni nareba ...., Ina !

Makura no ue de " Turgenev Tanpen syû " wo yomu.

八日　木曜日

たぶん隣室の忙しさに紛れて忘れたのであろう、（忘られるというのがすでに侮辱だ。今の予の境遇ではその侮辱が、また、当然なのだ。そう思って予はいかなることにも笑っている。）起きて、顔を洗ってきてから、2時間たっても朝飯の膳を持ってこなかった。

予は考えた。予は今迄こんな場合には、いつでも黙って笑っていた。ついぞ怒ったことはない。しかしこれは、予の性質が寛容なためか？　おそらくそうではあるまい。仮面だ、しからずば、もっと残酷な考えからだ、予は考えた、そして手打って女中を呼んだ。

空はおだやかに晴れた。花時《はなどき》の巷は何となく浮き立っている。風が時々砂を捲いてそぞろ行く人々の花見衣《ごろも》をひるがえした。

社の帰り、工学士のヒノサワ君と電車で一緒になった。チャキチャキのハイカラッ児だ。その仕立おろしの洋服姿と、袖口の切れた綿入れ[8]を着た予と並んで腰をかけた時は、すなわち予の口から何か皮肉な言葉の出ねばならぬ好機であった。「どうです、花見に行きましたか？」「いいえ、花見なんかする暇がないんです。」「そうですか、それは結構ですね、」と予は言った。予の言ったことは、すこぶる平凡なことだ。誰《たれ》でも言うことだ。そうだ、その平凡なことをこの平凡な人に言ったのが、予は立派な Irony のつもりなのだ。無論、ヒノサワ君にこの意味のわかる気遣いはない。一向平気なものだ。そこが面白いのだ。

予らと向かい合って、二人のおばあさんが腰かけていた。「僕は東京のおばあさんが嫌いですね。」と予は言った。「なぜです?」「見ると感じが悪いんです。どうも気持ちが悪い。田舎のおばあさんのようにおばあさんらしいところがない。」その時一人のおばあさんは黒眼鏡の中から予を睨《にら》んでいた。あたりの人たちも予の方を注意している。予は何となき愉快を覚えた。

「そうですか、」とヒノサワ君はなるべく小さい声で言った。

「もっとも同じ女でも、若いのなら東京に限ります。おばあさんときちゃみんな小憎らしい面《つら》をしていますからねえ。」

「ハ、ハ、ハ、ハ。」

「僕は活動写真が好きですよ。君は?」

「まだわざわざ見に行ったことはありません。」

「面白いもんですよ。行ってごらんなさい。何《なん》でしょう、こう、パーッと明るくなったり、パーッと暗くなったりするんでしょう? それが面白いんです。」

「眼が悪くなりますね、」と言うこの友人の顔には、きまり悪い当惑の色が明らかに読まれた。予はかすかな勝利を感ぜずにはいられなかった。

8　裏をつけて中に綿を入れた防寒用の着物のこと。

「ハ、ハ、ハ！」と、今度は予が笑った。

着物の裂けたのを縫おうと思って、夜8時頃、針と糸を買いに一人出かけた。本郷の通りは春の賑わいを見せていた。いつもの夜店のほかに、植木屋が沢山出ていた。人はいずれも楽しそうに肩と肩をすって歩いていた。予は針と糸を買わずに、「やめろ、やめろ」と言う心の叫びを聞きながら、とうとう財布を出してこの帳面と足袋《たび》と猿股と巻紙と、それから三色菫《さんしきすみれ》の鉢を二つと、五銭ずつで買ってきた。予はなぜ必要なものを買う時にまで「やめろ」という心の声を聞かねばならぬか？「一文無しになるぞ。」と、その声が言う。「函館では困ってるぞ。」とその声が言う！

菫の鉢の一つを持って金田一君の部屋に行った。「昨日《きのう》あなたの部屋に行った時、言おう言おうと思ってとうとう言いかねたことがありました、」と友は言った。面白い話がかくして始まったのだ。

「何です？……………さあ、一向分からない！」

友は幾たびかためらった後、ようよう言い出した。それはこうだ――。

京都の大学生が10何人、この下宿に来て、7番と8番、即ち予と金田一君との間の部屋に泊ったのは、今月のついたちのことだ。女中はみな大騒ぎしてその方の用にばかり気を取られていた。中にもおキヨ――5人のうちでは一番美人のおキヨは、ちょうど3階持ちの番だったものだから、ほとんど朝から晩――夜中までもかの若い、元気のある学生どもの中にばかりいた。みんなは「おキヨさん、おキヨさん！」と言って騒いだ。中にはずいぶんいかがわしい言葉や、くすぐるような気配なども聞こえた。予はしかし、女中どもの挙動にチラチラ見える虐待には慣れっこになっているので、したがって彼らのことには多少無関心な態度を取れるようになっていたから、それに対して格別不愉快にも感じていなかった。しかし、金田一君は、その隣室の物音の聞こえるたび、言うに言われぬ嫉妬の情にかられたという。

嫉妬！　何という微妙な言葉だろう！　友はそれを抑えかねて、果ては自分自身を浅ましい嫉妬深い男と思い、一日から4日までの休みを全く不愉快に送ったという。そして5日の日に三省堂《さんしょうどう》へ出て、ホーッと安心して息をつき、小詩人君（その編集局にいる哀れな男）の言い草ではないが、家《うち》にいるよりここの方がいくら気がのんびりいて《（ママ）》るだろうと思った。それからようやく少し平生の気持ちになり得たとのことだ。

おキヨというのは二月の末に来た女だ。肉感的に肥って、血色がよく、眉が濃く、やや角張った顔に太いきかん気が表れている。年は二十だという。何でも、最初来た時金田一君にだいぶ接近しようとしたらしい。それをおツネ――これも面白い女だ。――がむきになって妨げたらしい。そして、おキヨは急にわが友に対する態度を改めたらしい。これは友の言うところでほぼ察することができる。友はその後、おキヨに対して、ちょうど自分の家へ飛んで入った小鳥に逃げられたような気持ちで、絶えず眼をつけていたらしい。おキヨの生まれながらの挑発的な、そのくせどこか人を圧するような態度は、また、女珍しい友の心をそれとなく支配していたとみえる。そして金田一君――今迄女中に祝儀をやらなかった金田一君は、先月の晦日におキヨ一人にだけなにがしかの金をくれた。おキヨはそれを下へ行ってみんなに話したらしい。あくる日からおツネの態度は一変したという。まことに馬鹿な、そして憐れむべき話だ。そしてそれこそ真に面白味のあることだ。そこへもってきて大学生がやって来たのだ。

おキヨは強い女だ！　と二人は話した。5人のうち、一番働くのはこのおキヨだ。その代わりふだんには、夜10時にさえなれば、人にかまわず一人寝てしまうそうだ。働きぶりには誰一人及ぶ者がない。従っておキヨはいつしかみんなを圧している。ずいぶんきかん気の、めったに泣くことなどのない女らしい。その性格は強者の性格だ。

一方、金田一君が嫉妬ぶかい、弱い人のことはまた争われない。人の性格に二面あるのは疑うべからざる事実だ。友は一面にまことにおとなしい、人の好い、やさしい、思いやりの深い男だと共に、一面、嫉妬ぶかい、弱い、小さなうぬぼれのある、めめしい男だ。

それは、まあ、どうでもよい。その学生どもは今日みんな発ってしまって、たった二人残った。その二人は7番と8番へ、今夜一人づつ寝た。

予は遅くまで起きていた。

ちょうど1時二十分頃だ。一心になってペンを動かしていると、ふと、部屋の外に忍び足の音と、せわしい息遣いとを聞いた。はて！　そう思って予は息をひそめて聞き耳をたてた。外の息遣いは、シンとした夜更けの空気に嵐のように烈しく聞こえた。しばらくは歩く気配がない。部屋部屋《へやべや》の様子を覗《うかが》っているらしい。

予はしかし、初めからこれを盗人《ぬすびと》などとは思わなかった。…………！　確かにそうだ！ツと、大きく島田を結《い》った女の影法師が入り口の障子に鮮やかに映った。おキヨだ！

強い女も人に忍んで梯子を上がってきたので、その息遣いの激しさに、いかに心臓が強く波打ってるかがわかる。影法師は廊下の電灯のために映るのだ。

隣室の入り口の廻し戸が静かに開いた。女は中に入って行った。

「ウーウ。」と、かすかな声！　寝ている男を起こしたものらしい。

間もなく女は、いったん閉めた戸を、また少し細目に開けて、予の部屋の様子を覗ってるらしかった。そしてそのまま又中へ行った。「ウーウーウ。」とまた聞こえる。かすかな話し声！　女はまた入り口まで出て来て戸を閉めて、二三歩歩く気配がしたと思うと、それっきり何の音もしなくなった。

遠くの部屋で「カン」と1時半の時計の音。

かすかに鶏の声。

予は息がつまるように感じた。隣室では無論もう予も寝たものと思ってるに違いない。もし起きてる気配をさしたら、二人はどんなにか困るだろう。こいつあ困った。そこで予はなるたけ音のしないように、まず羽織を脱ぎ、足袋を脱ぎ、そろそろ立ち上がってみたが、床の中に入るにはだいぶ困難した。とにかく十分ばかりもかかって、やっと音なく寝ることができた。それでもまだ何となく息がつまるようだ。実にとんだ目に遭ったものだ。

隣室からは、遠いところに獅子でもいるように、そのせわしい、あたたかい、不規則な呼吸がかすかに聞こえる。身も心もとろける楽しみの真っ最中だ。

その音――不思議な音を聞きながら、なぜか予はさっぱり心を動かさなかった。予は初めからいい小説の材料《さいりょう》でも見つけたような気がしていた。「一体なんとゆう男だろう？　きっとおきよを手に入れたいばっかりに、わざわざ居残ったものだろう。それにしても、おキヨの奴、ずいぶん大胆な女だ。」こんなことを考えた。「明日早速金田一君に知らせようか？　いや、知らせるのは残酷だ………いや、知らせる方が面白い…………」二時の時計が鳴った。

間もなく、予は眠ってしまった。

九日　金曜日

桜は九分の咲き。暖かな、おだやかな、全く春らしい日で、空は遠く花曇りにかすんだ。

おととい来た時は何とも思わなかった智恵子さんのハガキを見ていると、なぜかたまらないほど恋しくなってきた。「人の妻にならぬ前に、たった一度でいいから会いたい！」そう思った。

智恵子さん！　なんといい名前だろう！　あのしとやかな、そして軽やかな、いかにも若い女らしい歩きぶり！　さわやかな声！　二人の話をしたのはたった二度だ。一度は大竹校長の家で、予が解職願いを持って行った時、一度は谷地頭《やちがしら》の、あのエビ色の窓かけのかかった窓のある部屋で——そうだ、予が『あこがれ』[9]を持って行った時だ。どちらも函館でのことだ。

ああ！　別れてからもう20ヶ月になる！

昨夜のことを金田一君に話してしまった。無論そのために友の心に起こった低気圧は1日や2日で消えまい。今日一日何だか元気がなかった。といって、友は別におキヨに恋してるわけでは無論ない。が、予のようにこのことを面白がりはしなかったのは事実だ。男はワカゾノという奴なことはすぐ知れた。彼は夜9時頃になって発って行った。おキヨとの別れの言葉は金田一君と共にこの部屋にいて聞いた。その模様では、何でもワタナベという姓の男との張り合いから、一人残っておキヨを手に入れる決心をしたものらしい。男の発った後、女はすぐ鼻唄を歌いながら

9　明治三十八年五月三日に出版した啄木の処女詩集。小田島書房発行。定価五〇銭。『明星』を通じて交流のあった上田敏の序詩「啄木」と与謝野鉄幹の跋文が掲載されている。

立ち働いていた。

社では今日第一版が早く済んで、5時頃に帰って来た。夜、出たくてたまらぬのを無理におさえてみた。

帰りの電車の中で、去年の春別れたまま会わぬ京子によく似た子供を見た。ゴムダマの笛を「ピーイ」と鳴らしては予の方を見て、恥ずかしげに笑って顔を隠し隠しした。予は抱いてやりたいほど可愛く思った。

その子の母な人は、また、その顔の形が、予の老いたる母の若かった頃はたぶんこんなだったろうと思われるほど鼻、頬、眼……顔一体が似ていた。そして、あまり上品な顔ではなかった。

乳のように甘い春の夜だ！　釧路の小奴[10]――坪仁子《つぼじんこ》からなつかしい手紙がきた。

遠くで蛙《かわず》の声がする。ああ初蛙！　蛙の声で思い出すのは、5年前の尾崎先生の品川の家の庭、それから、今は九戸《くのへ》の海岸にいる堀田秀子[11]さん！

枕の上で今月の『中央公論』の小説を読む。

十日　土曜日

昨夜は三時過ぎまで床の中で読書《とくしょ》したので、今日は十時過ぎに起きた。晴れた空を南風が吹きまわっている。

近頃の短篇小説が一種の新しい写生文に過ぎぬようなものとなってしまったのは、否、我々が読んでもそうとしか思わなくなってきた――つまり不満足に思うのは、人生観としての自然主義哲学の権威がだんだん無くなってきたことを示すものだ。

時代の推《お》し移りだ！　自然主義は初め我らの最も熱心に求めた哲学であったことは争われないが、いつしか我らはその理論上の矛盾を見出した。そしてその矛盾を突っ越して我らの進んだ時、我らの手にある剣《つるぎ》は自然主義の剣ではなくなっていた。――少なくも予一人は、もはや傍観的態度なるものに満足することができなくなってきた。作家の人生に対する態度は、傍観ではいけぬ。作家は批評家でなければならぬ。でなければ、人生の改革者でなければならぬ。また………

予の到達した積極的自然主義は即ちまた新理想主義である。理想という言葉を我らは長い間侮辱してきた。実際またかって我らの抱いていたような理想は、我らの発見したごとく、哀れな空想に過ぎなかった。「Life illusion」に過ぎなかった。しかし、我らは生きている。また、生きね

10　本名坪ジン。釧路時代に出会い、以後深く親交のあった芸妓。釧路で啄木は小奴と「妹になれ」「なります」といった会話を交わしているが、二人の間にそれ以上の感情が存在していたことは『一握の砂』に収録されている短歌からも推測される。
11　啄木が渋民尋常小学校に代用教員として勤務していた時の同僚教師。啄木の小説「足迹」「道」に登場する女教師のモデルとされている。

ばならぬ。あらゆるものを破壊しつくして新たに我らの手ずからたてた、この理想は、もはや哀れな空想ではない。理想そのものはやはり「Life illusion」だとしても、それなしには生きられぬのだ――この深い内部の要求までも捨てるとすれば、予には死ぬよりほかの道がない。

今朝書いておいたことは嘘だ、少なくとも予にとっての第一次ではない。いかなることにしろ、予は、人間の事業というものは偉いものと思わぬ。ほかのことより文学を偉い、尊《たっと》いと思っていたのはまだ偉いとはどんな事か知らぬ時のことであった。人間のすることで何一つ偉いことがあり得るものか。人間そのものがすでに偉くも尊くもないのだ。

予はただ安心をしたいのだ！――こう、今夜初めて気がついた。そうだ、全くそうだ。それに違いない！

ああ！　安心――何の不安もないという心持は、どんな味のするものだったろう！　長いこと――物心ついて以来、予《（ママ）》それを忘れてきた。

近頃、予の心の最ものんきなのは、社の往復の電車の中ばかりだ。家にいると、ただ、もう、何のことはなく、何かしなければならぬような気がする。「何か」とは困ったものだ。読むことか？　書くことか？　どちらでもないらしい。否、読むことも書くことも、その「何か」のうちの一部分にしか過ぎぬようだ。読む、書く、というほかに何の私のすることがあるか？　それは分からぬ。が、とにかく何かをしなければならぬような気がして、どんなのんきなことを考えている時でも、しょっちゅう後ろから「何か」に追っかけられているような気持ちだ。それでいて、何にも手につかぬ。

社にいると、早く時間が経てばよいと思っている。それが、別に仕事がいやなのでもなく、あたりのことが不愉快なためでもない。早く帰って「何か」しなければならぬような気に追ったてられているのだ。何をすればよいのか分からぬが、とにかく何かしなければならぬという気に、後ろから追ったてられているのだ。

風物の移り変わりが鋭く感じられる。花を見ると、「あ　花が咲いた」ということ——その単純なことが、矢のように鋭く感じられる。それがまたみるみる開いてゆくようで、見てるうちに散るときが来そうに思われる。何を見ても、何を聞いても、予の心はまるで急流におぞ《(ママ)》んでいるようで、ちっとも静かでない、落ち着いていない。後ろから押されるのか、前から引っ張られるのか、何にしろ予の心は静かに立っていられない、駆け出さねばならぬような気持ちだ。

そんなら予の求めているものは何《なに》だろう？　名？　でもない。事業？　でもない。恋？　でもない。知識？　でもない。そんなら金？　金もそうだ。しかしそれは目的ではなくて手段だ。予の心の底から求めているものは安心だ、きっとそうだ！

つまり疲れたのだろう！

去年の暮れから予の心に起こった一種の革命は、非常な勢いで進行した。予はこの100日の間を、これという敵は眼の前にいなかったにかかわらず、常に武装して過ごした。誰彼の区別なく、人は皆敵にみえた。予は、一番親しい人から順々に、知ってる限りの人を残らず殺してしまいたく思ったこともあった。親しければ親しいだけ、その人が憎かった。「すべて新しく、」それが予の一日一日を支配した「新しい」希望であった。予の「新しい世界」は、即ち、「強者――『強きもの』の世界」であった。

哲学としての自然主義は、その時「消極的」の本丸を捨てて、「積極的」の広い野原へ突貫した。彼――「強きもの」は、あらゆる束縛と因襲の古い鎧を脱ぎ捨てて、赤裸々で、人の力を借りることなく、勇敢に戦わねばならなかった。鉄のごとき心を以て、泣かず、笑わず、何の顧慮するところなく、ただましぐらに、己の欲するところに進まねばならなかった。人間の美徳といわるるあらゆるものを塵のごとく捨てて、そして、人間のなし得ない事を平気でなさねばならなかった、何のために？　それは彼にも分らない。否、彼自身が彼の目的で、そしてまた人間全体の目的であった。

武装した100日は、ただ武者ぶるいをしてる間に過ぎた。予は誰に勝ったか？　予はどれだけ強くなったか？　ああ！

つまり疲れたのだ。戦わずして疲れたのだ。

世の中を渡る道が二つある。ただ二つある。「All or Nothing !」一つはすべてに対して戦《たたこ》うことだ。これは勝つ、しからずんば死ぬ。も一つは何ものに対しても戦わぬことだ。これは勝たぬ。しかし負けることがない。負けることのないものには安心がある。常に勝つものには元気がある。そしてどちらも物に恐れるということがない……………そう考えても心はちっとも晴れ晴れしくも元気よくもならぬ。予は悲しい。予の性格は不幸な性格だ。予は弱者だ、誰のにも劣らぬ立派な刀を持った弱者だ。戦わずにはおられぬ、しかし勝つことはできぬ。しからば死ぬほかに道はない。しかし死ぬのはいやだ。死にたくない！　しからばどうして生きる？

何も知らずに農夫のように生きたい。予はあまり賢すぎた。発狂する人がうらやましい。予はあまりに身も心も健康だ。ああ、ああ、何もかも、すべてを忘れてしまいたい！　どうして？

人のいない所へ行きたいという希望が、このごろ、時々予の心をそそのかす。人のいない所、少なくとも、人の声の聞えず、否、予に少しでも関係のあるようなことの聞えず、誰も来て予を見る気遣いのない所に、一週間なり十日間なり、否、一日でも半日でもいい、たった一人ころがっていてみたい。どんな顔をしていようと、どんななりをしていようと、人に見られる気遣いのない所に、自分の体を自分の思うままに休めてみたい。

予はこの考えを忘れんがために、時々人の沢山いる所——活動写真へ行く。また、その反対に、何となく人——若い女のなつかしくなった時も行く。しかしそこにも満足は見出されない。写真

——ことにも最も馬鹿げた子供らしい写真を見ている時だけは、なるほど強いて子供の心に返って、すべてを忘れることもできる。が、いったん写真がやんで「パーッ」と明るくなり、数しれぬウヨウヨした人が見え出すと、もっとにぎやかな、もっと面白い所を求める心が一層強く予の胸に湧き上がってくる。時としては、すぐ鼻の先に強い髪の香《か》を嗅ぐ時もあり、暖かい手を握っている時もある。しかしその時は予の心が財布の中の勘定をしている時だ。否、いかにして誰から金を借りようかと考えている時だ。暖かい手を握り、強い髪の香を嗅ぐと、ただ手を握るばかりでなく、柔らかな、暖かな、真っ白な体を抱きたくなる。それを遂げずに帰って来る時の寂しい心持ち！　ただに性欲の満足を得られなかったばかりの寂しさではない。自分の欲するものはすべて得ることができぬという深い、恐ろしい失望だ。

いくらかの金のある時、予は何のためろうことなく、かの、みだらな声に満ちた、狭い、汚い町[12]に行った。予は去年の秋から今までに、およそ13―4回も行った、そして10人ばかりの淫売婦を買った。ミツ、マサ、キヨ、ミネ、ツル、ハナ、アキ…………名を忘れたのもある。予の求めたのは温かい、柔らかい、真っ白な体だ。体も心もとろけるような楽しみだ。しかし、それらの女は、やや年のいったのも、まだ十六ぐらいのほんの子供なのも、どれだって何百人、何千人の男と寝たのばかりだ。顔に艶がなく、肌は冷たく荒れて、男というものには慣れきっている、何の刺激も感じない。わずかの金をとってその陰部をちょっと男に貸すだけだ。それ以外に何の意味もない。帯を解くでもなく「サア、」と言って、そのまま寝る。何の恥ずかしげもなく股をひろげる。隣の部屋に人がいようといまいと少しもかもう所がない。（ここがしかし、面白い彼らの Irony だ！）何千人にかきまわされたその陰部には、もう筋肉の収縮作用がなくなっている、ゆるんでいる。ここにはただ排泄作用の行われるばかりだ。体も心もとろけるような楽しみは薬にしたくもない！

強き刺激を求むるイライラした心は、その刺激を受けつつある時でも予の心を去らなかった。予は三たびか四たび泊まったことがある。十八のマサの肌は貧乏な年増女のそれかとばかり荒れてガサガサしていた。たった一坪の狭い部屋の中に灯《あか》りもなく、異様な肉の匂いがムウッとするほどこもっていた。女は間もなく眠った。予の心はたまらなくイライラして、どうしても眠れない。予は女の股に手を入れて、手荒くその陰部を掻きまわした。しまいには五本の指を入れてできるだけ強く押した。女はそれでも目を覚まさぬ、おそらくもう陰部については何の感覚もないくらい、男に慣れてしまっているのだ。何千人の男と寝た女！ 予はますますイライラしてきた。そして一層強く手を入れた。ついに手は手首まで入った。「ウーウ、」と言って女はその時目を覚ましました。そして、いきなり予に抱きついた。「アーアーア、うれしい！ もっと、もっとーもっ

12　啄木と金田一京助が「塔下苑」と名付けた私娼窟のこと。浅草公園の北側千束町にあり吉原遊郭に近接している。（コラム「淫売婦」参照）

と、アーアーア！」十八にしてすでに普通の刺激ではなんの面白みも感じなくなっている女！余はその手を女の顔に塗たくってやった。そして、両手なり足なりを入れてその陰部を裂いてやりたく思った。裂いて、そして女の死骸の血だらけになって闇の中に横だわっているところ幻《（ママ）》になりとみたいと思った！　ああ、男にはもっとも残酷な仕方によって女を殺す権利がある！　何と言う恐ろしい、嫌なことだろう！

　すでに人のいない所へ行くこともできず、さればといって、何一つ満足を得ることもできぬ。人生そのものの苦痛に耐え得ず、人生そのものをどうすることもできぬ。すべてが束縛だ、そして重い責任がある。どうすればよいのだ？　ハムレットは、「To be,or,not to be?」と言った。しかし今の世では、死という問題はハムレットの時代よりももっと複雑になった。ああ、イリア！"Three of them"[13]の中のイリア！　イリアの企ては人間の企て得る最大の企てであった！　彼は人生から脱出せんとした、否、脱出した。そしてあらん限りの力を以て、人生――我らのこの人生から限りなき暗黒の道へ駆け出した。そして、石の壁のために頭を粉砕して死んでしまった！ああ！

　イリアは独身者《もの》であった。予はいつでもそう思う。イリアはうらやましくも独身者であった！悲しきイリアと予との相違はここだ！

　予は今疲れている。そして安心を求めている。その安心とはどんなものか？　どこにあるのか？　苦痛を知らぬ昔の白い心には百年経っても帰ることができぬ。安心はどこにある？
「病気をしたい。」この希望は長いこと予の頭の中にひそんでいる。病気！　人の厭うこの言葉は、予には故郷《ふるさと》の山の名のようになつかしく聞こえる！――ああ、あらゆる責任を解除した自由の生活！　我らがそれを得るの道はただ病気あるのみだ！
「みんな死んでくれればいい。」そう思っても誰も死なぬ。「みんなが俺を敵にしてくれればいい。」そう思っても誰も別段敵にもしてくれぬ、友達はみんな俺を憐れんでいる。ああ！　なぜ予は人に愛されるのか？　なぜ予は人を心《しん》から憎むことができぬか？　愛されるということは耐えがたい侮辱だ！
　しかし予は疲れた！　予は弱者だ！
　　一年ばかりの間、いや、一月でも、
　　一週間でも、三日でもいい、
　　神よ、もしあるなら、ああ、神よ
　　私の願いはこれだけだ、どうか、

13　ロシアの作家ゴーリキー（ゴルキイ）の小説。明治四十一年六月十五日に平野万里から『スリーオブゼム』を借り、約一カ月にわたって読み進めているが、この小説から啄木が様々に触発されている様子が日記の記述からうかがわれる。

体をどこか少しこわしてくれ、痛くても
かまわない、どうか病気さしてくれ！
ああ！　どうか………

真っ白な、柔らかな、そして
体がふうわりとどこまでも——
安心の谷の底までも沈んでゆくような布団の上に、いや、
養老院の古畳の上でもいい、
なんにも考えずに、（そのまま死んでも
惜しくはない！）ゆっくりと寝てみたい！
手足を誰か来て盗んで行っても
知らずにいるほどゆっくり寝てみたい！

どうだろう！　その気持ちは？　ああ、
想像するだけでも眠くなるようだ！　今着ている
この着物を——重い、重いこの責任の着物を

脱ぎ捨ててしまったら。（ああ、うっとりする！）
私のこの体が水素のように
ふうわりと軽《かろ》くなって、
高い、高い、大空へ飛んでゆくかもしれない！――「雲雀だ。」
下ではみんながそう言うかも知れない！　ああ！

死だ！　死だ！　私の願いはこれ
たった一つだ！　ああ！

あっ、あっ、ほんとに殺すのか？　待ってくれ、
ありがたい神様、あ、ちょっと！

ほんの少し、パンを買《こ》うだけだ、五―五―五銭でもいい！
殺すくらいのお慈悲があるなら！

雨を含んだ生暖かい風の吹く晩だ。遠くに蛙《かわず》の声がする。

光子[14]から、旭川に行ったという葉書が来た。名前は何でも、妹は外国人の居候だ！　兄は花盛りの都にいて、袖口の切れた綿入れを着ている！　妹は北海道の真ん中に6尺の雪に埋もれて讃美歌を歌っている！

午前3時、ハラハラと雨が落ちてきた。

14　啄木の妹。ほかに啄木には姉が二人いた。光子は小樽でキリスト教の洗礼を受け、のち伝道婦となった。

column

活動写真

一八九六（明治二十九）年十一月、トーマス・エジソンによって、個人が大きな箱の中を覗いて動く映像を見る形式のキネトスコープと呼ばれる映像機が日本に輸入され、神戸で公開された。これが初めて日本で上映される〈映画〉であり、このキネトスコープを報道した『神戸又新日報』が〈活動写真〉の用語を用いたことから、以後、この言葉が日本では広く使われるようになった。やがて活動写真はスクリーンにフィルムを映す形式のものが一般的となり、明治四十年代初頭にはキネマとパノラマの合成であるキネオラマも含め、東京市内だけで七十館あまりの活動写真常設館がつくられた。都市の新しい娯楽として活動写真が一気に広まったのである。

啄木が覚悟を決め、北海道から上京した明治四十一年は、活動写真館が次々に建設された時期に重なる。啄木は同年八月二十一日、キネオラマを観て「児戯に似て然も猶快を覚ゆ」と日記に記した。これが彼の〈映画〉初体験であり、以後、頻繁に活動写真を観に行くようになるのだが、愉快な娯楽は次第に啄木の逃避の場所に変わっていった。明治四十四年に書かれた「はてしなき議論の後」という詩の中では、活動写真の小屋の中に響きわたる呼子の笛の物悲しさが「わが心の餓ゑて空しきこと」と重ね合わされながらうたわれている。これは三年前の記憶とされていることからも、一時期の啄木における活動写真の意味を伝えている。

「ローマ字日記」の中でも活動写真に関する記述は目立つ。中でも最も注目すべき部分は四月十日である。この日は弱者としての自分を見つめる一方で、それを認めたくない気持ちが交錯し、農夫になりたい、発狂したい、何もかもすべてを忘れたいと書く。そして、弱者である自分を見つめることから逃れるために、また、誰にも見られることなく心を休めるために、活動写真に行くという啄木の心理が明らかにされる。

活動写真館は大勢の観客で賑わい、しかも暗闇の中にいる時間が長い。また、目の前に広がるスクリーンに皆が注目しているため、周囲を気にしない空間でもある。ゆえにこの場所は、啄木にとっては人に見られる気遣いのないところとして想起されていた。さらに、眼前に広がるスクリーンでの馬鹿げた子供じみたフィルムを観て、苦悩をすべて忘れようとしていたことから、啄木における活動写真とは既に娯楽ではなく、逃避の場所だったことが窺われるのである。けれども、活動写真では鬱屈した気分は根本的には解消しない。落ち込む気分を紛らわせるのに手軽な場所であった、という感じであろうか。

啄木が活動写真の効用に気付き、その考えに変化を見せるのは小説「我等の一団と彼」の中の記述である。これは明治四十三年に書かれており、ローマ字日記から約一年が経過していた。

この小説では高橋という人物が活動写真の功徳を「批評のない場処だといふところにある」と説明する。猛スピードで砂煙をあげて走る自動車の映像を観て「身体がぞくぞく」し「自分にも批評なんぞする余裕が無くなる」と言うのだ。自動車や速度への賛美は、日本で初めて森鷗外が紹介したイタリアの未来派の主張に重なるが、この新しい感覚を活動写真を通じて得たのが高橋である。当時の日本では、スピード競争をする自動車など現実に目にすることはまずない。けれども活動写真によって現実に近い感覚を得ることが可能になるのである。

高橋は「活動写真を見てるやうな気持で一生を送りたいと思ふ」と述べる。この言葉は「ローマ字日記」とは異なり、〈映画〉のもつ効用そのものに対する肯定である。モダニズムが始まる前の日本において、啄木が見せた変化、活動写真への捉え方は興味深い問題である。

十一日　日曜日

八時頃眼を覚ました。桜という桜が蕾一つ残さず咲きそろって、散るには早き日曜日。空はのどかに晴れ渡って、暖かな日だ。二百万の東京人がすべてを忘れて遊び暮らす花見は今日だ。何となく気が軽《かろ》くさわやかで、若き日の元気と楽しみが体中に溢れているようだ。昨夜の気持ちはどこへ行ったのかと思われた。

金田一君は花婿のに（ママ）ソワソワしてセッセと洋服を着ていた。二人は連れだって9時頃に外へ出た。

田原町《たわらちょう》で電車を捨てて浅草公園を歩いた。朝ながらに人出が多い。予はたわむれに1銭を投じて占いの紙を取った。吉と書いてある。予のたわむれはそれから始まった。吾妻《あづま》橋から川蒸気に乗って千住大橋なで（ママ）隅田《すみた》川を遡った。初めて見た向島の長い土手は桜の花の雲にうずもれて見える。鐘《かね》ケ淵《ふち》を過ぎると、眼界は多少田園の趣きを帯びてきた。筑波山《つくばやま》も花曇りに見えない。見ゆる限りは桜の野！

千住の手前《てまい》に赤く塗られた長い鉄橋があった。両岸は柳の緑。千住に上がって二人はしばしそこらをぶらついた。予は、裾をはしおり、帽子をアミダにかぶって、しこたま友を笑わせた。

そこからまた船で鐘ケ淵まで帰り、花のトンネルになった土手の上を数知れぬ人を分けて東京の方に向かって歩いた。予はその時も帽子をアミダにかぶり、裾をはしおって歩いた。何の意味もない、ただそんなことをしてみたかったのだ。金田一の外聞が悪がっているのが面白かったのだ。何万の晴れ着を着た人が、ゾロゾロと花のトンネルの下を歩く。中には、もう、酔っぱらっていろいろな道化《どうけ》た真似をしているのもあった。二人は一人の美人を見つけて、長いことそれと前後して歩いた。花はどこまでも続いている。人もどこまでも続いている。

言問《こととい》からまた船に乗って浅草に来た。そこで、とある牛肉屋で昼飯を食って、二人は別れた。予は、今日、与謝野さん[15]の宅の歌会へ行かねばならなかったのだ。

無論面白いことのありようがない。昨夜の「パンの会[16]」は盛んだったと平出君[17]が話していた。あとで来た吉井[18]は、「昨晩、永代橋の上から酔っぱらって小便をして、巡査に咎められた。」と言っていた。なんでも、みんな酔っぱらって大騒ぎをやったらしい。

15　与謝野鉄幹（一八七三～一九三五）、与謝野晶子（一八七八～一九四二）夫妻。鉄幹が明治三十二年に東京新詩社を立ち上げ雑誌『明星』を創刊、二号より晶子が参加し、明治三十四年に二人は結婚した。啄木は東京新詩社に加入しており、雑誌『明星』には多くの作品が掲載された。

16　耽美的な傾向を持ち文芸や美術を志す芸術家たちの集まり。ギリシャ神話の牧羊神「パン」から会の名をとっており、明治四十一年十二月に最初の会合が開かれた。啄木はパンの会に積極的に参加していないが、パンの会の中心メンバーは啄木が編集に携わっていた『スバル』のメンバーと重なっていた。

17　平出修（一八七八～一九一四）。弁護士、歌人。東京新詩社で出会い、『スバル』創刊頃から啄木との親交を深めるようになる。大逆事件での幸徳秋水側の弁護人。

18　吉井勇（一八八六～一九六〇）。歌人。東京新詩社に加入し、雑誌『スバル』創刊メンバーでもある。

例のごとく題を出して歌をつくる。みんなで13人だ。選の済んだのは9時頃だったろう。予はこのごろ真面目に歌などを作る気になれないから、相変わらずへなぶってやった。その二つ三つ。

わが髭《ひげ》の下向く癖がいきどおろし、この頃憎き男に似たれば。
いつも逢《お》う赤き上着を着て歩く男の眼《まなこ》この頃気になる。
ククと鳴《な》る鳴革《なりかわ》入れし靴はけば、蛙《かえる》をふむに似て気味わろし。
その前に大口《おおぐち》あいて欠伸《あくび》するまでの修業は三年《みとせ》もかからん。
家を出て、野越え、山越え、海越えて、あわれ、どこにか行かんと思う。
ためらわずその手取りしに驚きて逃げたる女再び帰らず。
君が眼は万年筆《まんねんぴつ》の仕掛けにや、絶えず涙を流していたもう。
女見れば手をふるわせてタズタズとどもりし男、今はさにあらず。
青草《あおぐさ》の土手に寝ころび、楽隊の遠き響きを大空《おおぞら》から聞く。

晶子さんは徹夜をして作ろうと言っていた。予はいいかげんな用をこしらえてそのまま帰ってきた。金田一君の部屋にはアオミ君が来ていた。予もそこへ行って1時間ばかり無駄話をした。そしてこの部屋に帰った。

ああ、惜しい一日をつまらなく過ごした！　という悔恨の情がにわかに予の胸に湧いた。花を見るならなぜ一人行って、一人で思うさま見なかったか？　歌の会！　何というつまらぬ事だろう！

予は孤独を喜ぶ人間だ。生まれながらにして個人主義の人間だ。人と共に過ごした時間は、いやしくも、戦いでない限り、予には空虚な時間のような気がする。一つの時間を二人なり三人なり、あるいはそれ以上の人と共に費やす。その時間の空虚に、少なくとも半分空虚にみえるのは自然のことだ。

以前予は人の訪問を喜ぶ男だった。従って、一度来た人にはこの次にも来てくれるように、なるべく満足を与えて帰そうとしたものだ。何というつまらないことをしたものだろう！　今では人に来られても、さほど嬉しくもない。嬉しいと思うのは金の無い時にそれを貸してくれそうな奴の来た時ばかりだ。しかし、予はなるべく借りたくない。もし予が何ごとによらず、人から憐れまれ、助けらるることなしに生活することができたら、予はどんなに嬉しいだろう！　これは敢えて金のことばかりではない。そうなったら予はあらゆる人間に口一つきかずに過ごすこともできる。

「つまらなく暮した！」そう思ったが、その後《あと》を考えるのが何《なに》となく恐ろしかった。机の上はゴチャゴチャしている。読むべき本もない。さしあたりせねばならぬ仕事は母やその他に手紙を書くことだが、予はそれも恐ろしいことのような気がする。何とでもいいからみんなの喜ぶようなことを言ってやって憐れな人たちを慰めたいとはいつも思う。予は母や妻を忘れてはいない、否、毎日考えている。そしていて予は今年になってから手紙一本と葉書一枚やったきりだ。そのことはこないだの節子の手紙にもあった。節子は、3月でやめるはずだった学校にまだ出ている。今月はまだ月初めなのに、京子の小遣いが二十銭しかないと言ってきた。予はそのため社から少し余計に前借した。5円だけ送ってやるつもりだったのだ。それが、手紙を書くがいやさに一日二日と過ぎて、ああ…………！

すぐ寝た。

この日、朝に群馬県のアライという人が来た。「落栗《おちぐり》」という雑誌を出すそうだ。

十二日　月曜日

今日も昨日に劣らぬうららかな一日であった。風なき空に花は三日の命を楽しんでまだ散らぬ。窓の下の桜は花の上に色浅き若芽《わかめ》をふいている。コブの木の葉は大分大きくなった。

坂を下りて田町《たまち》に出ると、右側に一軒の下駄屋がある。その前を通ると、ふと、楽しい、賑やかな声が、なつかしい記憶の中からのように予の耳に入った。予の眼には広々とした青草の野原が浮かんだ。――下駄屋の軒《のぎ》の籠の中で雲雀《ひばり》が鳴いていたのだ。1分か2分の間、予はかの故郷の生出野《おいでの》と、そこへよく銃猟に一緒に行った、死んだ従兄弟のことを思い出して歩いた。

思うに、予はすでに古き――然り！　古き仲間から離れて、自分一人の家を作るべき時機となった。友人というものに二つの種類がある。一つは互いの心に何か相求むるところがあっての交わり、そして一つは互いの趣味なり、意見なり、利益なりによって相近づいた交わりだ。第一の友人は、その互いの趣味なり、意見なり、利益なり、あるいは地位なり、職業なりが違っていても、それが直接二人の間に、真面目に争わねばならぬような場合に立ち至らぬ限り、決して二人の友情の妨げとはならぬ。その間の交わりは比較的長く続く。

ところが第二の場合における友人にあっては、それとよほど趣きを異にしている。無論この場合において成り立ったものも、途中から第一の場合の関係に移って、長く続くこともある。が、大体この種の関係は、言わば、一種の取引関係である。商業的関係である。ＡとＢとの間の直接関係でなくて、Ａの所有する財産、もしくは、権利――即ち、趣味なり、意見なり、利益なり――と、Ｂの有するそれとの関係である。店なり銀行なりの相互の関係は、相互の営業状態に何の変化の起こらぬ間だけ続く。いったんそのどちらかにある変化が起こると、取引はそこに断絶せざるを得ない。まことに当たり前のことだ。

もしそれが第一の関係なら、友人を失うということは、不幸なことに違いない。が、もしもそれが第二の場合における関係であったなら、必ずしも幸福とは言えぬが、また敢えて不幸ではない。その破綻が受動的に起これば、その人が侮辱を受けたことになり、自動的に起こしたとすれば、勝ったことになる。予がここに「古き仲間」と言ったのは、実は、予の過去においての最も新しい仲間である、否、あった。予は与謝野氏をば兄とも父とも、無論、思っていない。あの人はただ予を世話してくれた人だ。世話した人とされた人との関係は、した方の人がされた方の人よ(ママ)偉くている間、もしくは互いに別の道を歩いてる場合、もしくはい(ママ)た方の人がされた方の人より偉くなくなった時だけ続く。同じ道を歩いていて、そして互いの間に競争のある場合には絶えてい(ママ)まう。予は今与謝野氏に対して別に敬意を持っていない。同じく文学をやりながらも、何となく別の道を歩いているように思っている。予は与謝野氏とさらに近づく望みを持たぬと共に、敢えてこれと別れる必要を感じない。時あらば今までの恩を謝したいとも思っている。晶子さんは別だ。予はあの人を姉のように思うことがある………この二人は別だ。

　新詩社の関係から得た他の友人の多数は与謝野夫妻とはよほど趣きを異にしている。平野[19]とはすでに喧嘩した。吉井は鬼面《きめん》して人を脅す放恣な空想家の亜流——最も哀れな亜流だ。もし彼らのいわゆる文学と、予の文学と同じものであるなら、予はいつでも予のペンを棄てるにためらわぬ。その他の人々は言うにも足らぬ——

否。こんなことは何の要のないことだ。考えたって何にもならぬ。予はただ予の欲することをなし、予の欲する所に行き…………すべて予自身の要求に従えばそれでよい。

然り。予は予の欲するままに！　That is all ! All of all !

そして、人に愛せらるな。人の恵みを受けるな。人と約束するな。人の許しを乞わねばならぬ事をするな。決して人に自己を語るな。常に仮面をかぶっておれ。いつ何時でも戦のできるように――いつ何時でもその人の頭を叩き得るようにしておけ。一人の人と友人になる時は、その人といつか必ず絶交することあるを忘るるな。

十三日　火曜日

朝早くちょっと眼を覚ました時、女中が方々の雨戸をくっている音を聞いた。そのほかには何も聞かなかった。そしてそのまままた眠ってしまって、不覚の春の眠りを11時近くまでも貪った。花曇りした、のどかな日。満都の花はそろそろ散り始めるであろう。おツネが来て、窓ガラスをきれいに拭いてくれた。

19　平野万里（一八八五～一九四七）。歌人。東京新詩社に加入し、雑誌『スバル』創刊メンバーである。『スバル』第二号における短歌の活字組みの編集をめぐって啄木と争った。

老いたる母から悲しき手紙がきた。――

「このあいだみやざきさまにおくられしおてがみでは、なんともよろこびおり、こんにちかこんにちかとまちおり、はやしがつになりました。いままでおよばないもりやまかないいたしおり、ひにましきょうこおがり、わたくしのちからでかでることおよびかねます。そちらへよぶことはできませんか？　ぜひおんしらせくなされたくねがいます。このあいだ6か7かのかぜあめつよく、うちにあめもり、おるところなく、かなしみに、きょうこおぼいたちくらし、なんのあわれなこと（と）おもいます。しがつ2かよりきょうこかぜをひき、いまだなおらず、（せつこは）あさ8じで、5じか6（じ）かまでかえらず。おっかさんとなかれ、なんともこまります。それにいまはこづかいなし。いちえんでもよろしくそろ。なんとかはやくおくりくなされたくねがいます。おまえのつごうはなんにちごろよびくださるか？　ぜひしらせてくれよ。へんじなきときはこちらしまい、みなまいりますからそのしたくなされませ。はこだてにおられませんから、これだけもうしあげまいらせそろ。かしこ。

しがつ9か。かつより。

いしかわさま。」

ヨボヨボした平仮名の、仮名違いだらけな母の手紙！　予でなければ何人《なんびと》といえどもこの手紙を読み得る人はあるまい！　母が幼かった時は、かの盛岡仙北町《せんぼく》の寺子屋で、第一の秀才だったという。それが一たびわが父に嫁《か》して以来40年の間、母はおそらく一度も手紙を書いたことがなかったろう。予の初めて受け取った母の手紙は、おとしの夏のそれであった。予は母一人を故郷に残して函館に行った。老いたる母はかの厭わしき渋民にいたたまらなくなって、忘れ果てていた平仮名を思い出して予に悲しき手紙を送った！　その後予は、去年の初め釧路にいて、小樽からの母の手紙を受け取った。東京に出てからの5本目の手紙が今日きたのだ。初めの頃からみると間違いも少ないし、字もうまくなってきた。それが悲しい！　ああ！　母の手紙！

今日は予にとって決して幸福な日ではなかった。起きた時は、何となく寝過ごしたけだるさはあるものの、どことなく気がのんびりして、身体中の血のめぐりのよどみなくすみやかなるを感じた。しかしそれもちょっとのことであった。予の心は母の手紙を読んだ時から、もう、さわやかではなかった。いろいろの考えが浮かんだ。頭は何かこう、春の圧迫というようなものを感じて、自分の考えそのものまでがただもうまだるっこしい。「どうせ予にはこの重い責任を果たすアテがない。……………むしろ早く絶望してしまいたい。」こんな事が考えられた。

そうだ！　30回位の新聞小説を書こう。それなら或いは案外早く金になるかもしれない！

頭がまとまらない。電車の切符が一枚しかない。とうとう今日は社を休むことにした。

貸本屋が来たけれど、6銭の金がなかった。そして、『空中戦争』という本を借りて読んだ。

新しき都の基礎

やがて世界の戦は来らん！
フェニックスのごとき空中軍艦が空に群れて、
その下にあらゆる都府が毀《こぼ》たれん！
戦は長く続かん！　人々の半ばは骨となるならん！
しかる後、哀れ、しかる後、我らの
「新しき都」はいずこに建つべきか！
滅びたる歴史の上にか！　思考と愛の上にか？　否、否。
土の上に。然り、土のうえに。何の――夫婦という
定まりも区別もなき空気の中に。
果てしれぬ蒼《あお》き、蒼き空のもとに！

十四日　水曜日

晴。佐藤さん[20]に病気届をやって、今日と明日休むことにした。昨夜金田一君から、こないだの

2円返してくれたので、今日は煙草に困らなかった。そして書き始めた。題は「ホウ」、あとで「木馬」と改めた。

創作の興と性欲とはよほど近いように思われる。貸本屋が来て妙な本を見せられると、なんだか読んでみたくなった。そして借りてしまった。一つは『花の朧夜《おぼろよ》』一つは『情《なさけ》の虎の巻』『朧夜』の方をローマ字で帳面に写して、3時間ばかり費やした。

夜は金田一君の部屋に中島君と、噂に聞いていた小詩人君――内山舜君が来たので、予も行った。内山君の鼻の恰好《かっこう》たらない！　不恰好な里芋を顔の真ん中にくっつけてその先を削って平たくしたような鼻だ。よくしゃべる、たてつづけにしゃべる。まるで髭をはやした豆造《まめぞう》のようだ。背も低い。予の見た数しれぬ人のうちにこんな哀れな人はなかった。まことに哀れな、そして道化た、罪のない――むしろそれが度を過ごして、かえって、思うさまぶん殴ってでもやりたくなるほど哀れな男だ。真面目で言うことはみんな滑稽に聞こえる。そして何かおどけた事を言って不恰好な鼻をすすり上げると泣くのかと思える。詩人！　この人の務める役はお祭りの日に、片《かた》蔭《かげ》へ子供らを集めて、泣くような歌を歌いながら、鉢巻《はじまき》をして踊る――それだ！

20　佐藤真一。東京朝日新聞社の編集長。盛岡出身で、啄木の東京朝日新聞社入社は佐藤の紹介による。夭折した啄木の長男真一は佐藤の名からとってつけられた名前である。

雨が降ってきた。もう10時近かった。中島君は社会主義者だが、彼の社会主義は貴族的な社会主義だ――彼は車で帰って行った。そして内山君――詩人は本当の社会主義者だ……番傘を借りて帰っていくその姿はまことに詩人らしい恰好を備えていた………

何か物足らぬ感じが予の胸に――そして金田一君の胸にもあった。二人はその床の間の花瓶の桜の花を、部屋いっぱいに――敷いた布団の上に散らした。そして子供のようにキャキャ騒いだ。

金田一君に布団をかぶせてバタバタ叩いた。そして予はこの部屋に逃げてきた。そしてすぐ感じた。「今のはやはり現在に対する一種の破壊だ！」

「木馬」を3枚書いて寝た。節子が恋しかった――しかしそれは侘しい雨の音のためではない。

『花の朧夜』を読んだためだ！

中島孤島君は予の原稿を売ってくれると言った。

十五日　木曜日

否！　予における節子の必要は単に性欲のためばかりか？　否！　否！

恋は醒めた。それは事実だ。当然な事実だ――悲しむべき、しかしやむを得ぬ事実だ！

しかし恋は人生のすべてではない。その一部分だ。しかし恋は遊戯だ。歌のようなものだ。人は誰でも歌いたくなる時がある。そして歌ってる時は楽しい。が、人は決して一生歌ってばかりはおられる(ママ)ものである。同じ歌ばかり歌ってるといくら楽しい歌でも飽きる。またいくら歌いたくっても歌えぬ時がある。

恋は醒めた。予は楽しかった歌を歌わなくなった。しかしその歌そのものは楽しい。いつまでたっても楽しいに違いない。

予はその歌ばかりを歌ってることに飽きたことはある。しかし、その歌をいやになったのではない。節子は誠に善良な女だ。世界のどこにあんな善良な、やさしい、そしてしっかりした女があるか？　予は妻として節子よりよき女を持ち得るとはどうしても考えることができぬ。予は節子以外の女を恋しいと思ったことはある。他の女と寝てみたいと思ったこともある。現に節子と寝ていながらそう思ったこともある。そして予は寝た――他の女と寝た。しかしそれは節子と何の関係がある？　予は節子に不満足だったのではない。人の欲望が単一《たんいち》でないだけだ。

予の節子を愛してることは昔も今も何の変わりがない。節子だけを愛したのではないが、最も愛したのはやはり節子だ。今も――ことにこのごろ予はしきりに節子を思うことが多い。

人の妻として世に節子ほど可哀想な境遇にいるものがあろうか?!

現在の夫婦制度――すべての社会制度は間違いだらけだ。予はなぜ親や妻や子のために束縛されねばならぬか？　親や妻や子はなぜ予の犠牲とならねばならぬか？　しかしそれは予が親や節子や京子を愛してる事実とはおのずから別問題だ。

まことに厭な朝であった。恋のごとくなつかしい春の眠りを捨てて起き出でたのは、もう10時過ぎであった。雨——強い雨が窓にしぶいていた。空気はジメジメしている。便所に行って驚いて帰って来た。昨日まで冬木のままであった木がみな浅緑《あさみどり》の芽をふいている。西片町《にしかたまち》の木立は昨日までの花衣《はなごろも》を脱ぎ捨てて、雨の中に煙るような若葉の薄物をつけている。

一晩の春の雨に世界は緑色に変わった！

今朝また下宿屋の催促！

こういう生活をいつまで続けねばならぬか？　この考えはすぐに予の心を弱くした。何をする気もない。そのうちに雨が晴れた。どこかへ行きたい。そう思って予は出た。金田一君からまさかの時に質に入れて使えと言われていたインバネス[21]を松坂屋《まつさかや》へ持って行って、2円50銭借り、50銭《せん》は先に入れているのの利子に入れた。そうして予はどこに行くべきかを考えた。郊外へ出たい——が、どこにしよう？　いつか金田一君と花見に行ったように、吾妻橋から川蒸気に乗って千住大橋へ行き、田舎めいた景色の中をただ一人歩いてみようか？　或いはまた、もしどこかに空き家でもあったら、こっそりその中へ入って夕方まで寝てみたい！　とにかく予のその時の気持ちでは人の沢山いるところは厭であった。予はその考えを決めるために本郷館——勧工場《かんこうば》[22]をひと廻りした。そして電車に乗って上野に行った。

雨の後の人少なき上野！　予はただそう思って行った。桜と桜の木は、花が散りつくしてガクだけ残っている――汚い色だ。楓の緑！　泣いたあとの顔のような醜さの底から、どことなくう初夏《はつなつ》の刺激強い力が現れているように見える。とある堂の後ろで、40位のらい病患者の女が巡査に調べられていた。どこかへ行きたい！　そう思って予は歩いた。高い響きが耳に入った。それは上野のStationの汽車の汽笛だ――

汽車に乗りたい！　そう予は思った。どこまでというアテもないが、乗って、そしてまだ行ったことのない所へ行きたい！　幸い、ふところには3円ばかりある。ああ！　汽車に乗りたい！そう思って歩いていると、ポツリポツリ雨が落ちてきた。

雨は別に本降りにもならずに晴れたが、その時はもう予は広小路の商品館の中を歩いていた。そして、馬鹿な！　と思いながら、その中の洋食店へ入って西洋料理を食った。

原稿紙、帳面、インクなどを買って帰った時、金田一君も帰って来た。そして一緒に湯に入った。

「木馬」！

21　ケープのついた男性用の袖なしのコートのこと。
22　一つの建物の中に様々な商品を陳列して販売した場所。庶民の手頃な外出先としてにぎわった。

column

家族の扶養と生活の負担

「〝石川君は食ふ心配をさせずにおけばいい人だ〟と与謝野氏が言つた。食ふ事の心配！　それをした為に与謝野氏は老いた。それをする為に予も亦日一日に老いてゆく」。明治四十一年六月二十八日の日記に啄木はこう記した。啄木が一家の家計を支える苦労を日記に書くのはこれが初めてではないが、与謝野鉄幹のこの言葉は、啄木が周囲にはどのように見られていたかをよく伝えていて興味深い。

ここでいう「食ふ事」とは勿論自分の生活だけを指すのではない。両親、妻子の一家全員の糊口をしのぐだけの金銭を、啄木はまさにペンを握る腕一本で稼ぎ出さねばならなかった。おそらくその事情を啄木と親交のある者たちは知っていただろう。日常的な些事に煩わされ、腰を据えて文学に向き合うことのできない啄木を評した鉄幹の言葉は、そのまま啄木の自己認識に重なる。自分でも感じていたことを改めて他者から伝えられる時、人は自分が抱いていた思いをより明確に意識するはずだ。鉄幹の言葉は、一家の生活という重荷に対する呪詛を啄木の心に刻み込んだことだろう。

しかしながら過去を振り返れば、節子と結婚した時から、啄木には〈生活すること〉に対する前向きな姿勢が見えていなかったように思える。啄木と節子の結婚、それは花婿が無断欠席するという大変奇異なものであった。啄木は披露宴前に上京していたが、五月二十日には東京を発っている。けれども明治三十八年五月三十日、節子は人生の新しい門出となるはずの結婚披露宴を花婿不在のまま乗り切ることになってしまった。啄木が節子の前に姿を現したのは六月四日で、その間の啄木の行動のすべては明らかにされておらず、彼が何を考えて姿を隠していたのかも定かではない。

当時の啄木は自分の肩にのしかかってくる生活の責任をよく承知していたはずだ。同年三月には、父親一禎が宗費百十三円を滞納したため、住職の座を追われて宝徳寺を出ていかねばならなくなっている。寺を追われた両親にもはや生活のツテはない。この事実は、啄木が親の扶養を担わねばならないことを告げている。だが、彼は生活費を得る身分ではなかったし、生活費を稼ぐためにすぐに働きに出ることもなかった。そこに節子との結婚が迫って来る。啄木として、披露宴を無断で欠席することにより、親に恥をかかせ、祝福しようとしていた友人達を裏切り、何より新婦節子を悲しませることを想像できなかったわけではないだろう。それでも彼は来なかった。ということは、結婚披露宴にどうしても出席したくない気持ちが優先したのだ。石川一家の抱えた窮状を鑑みれば、やはり今後の生活の不安という問題と切り離して考えることはできないと思われる。

一方で結婚披露宴と同じ月に、当代一流の文学者である上田敏の序詩と与謝野鉄幹の跋文を付した処女詩集『あこがれ』を小田島書房から発行しているという事実は、その後の啄木の人生を考える上でも甚だ感慨深い。十九歳の啄木は、自らの肩に、父母妹そして妻と自分、家族五人の生活を担う暗澹たる人生のスタート地点で、文学的野心を満足させる成果を得てしまったのだ。むしろ、節子との結婚以上に『あこがれ』の発行は晴れがましいものであったかもしれない。このことが節子の人間性や節子への愛情とは全く関係ないところで、結婚は桎梏にしかすぎないという思いを啄木に抱かせるようになったのではないか。それもまた披露宴に足を向けなかった理由の一つであろう。

このように、啄木を最後まで苦しめた文学と〈生活すること〉との両立は、結婚当初から対立するものとして始まっていたのである。一つの成果を上げ、これからますます発展していきたいと考える若き啄木にとって、文学は最優先されるべきものだったはずだ。渋民での代用教員時代や北海道での新聞記者生活では熱心に仕事に取り組んでいた啄木であったが、文学に没頭しきれない日常はやはり苦しいものだっただろう。

だが、明治時代に生まれ明治時代の教育を受けた啄木は、途中どれほど逃げ腰になっても、己の文学のために家族を見放し、一切の責任を放擲することだけはしなかった。けれども、それゆえにこそ、彼の心の中には、彼一人が負担しなければならない家族の扶養責任に対する苦しさ、怒り、やりきれなさが常に渦巻いていたはずである。

十六日　金曜日

何という馬鹿なことだろう！　予は昨夜、貸本屋から借りた徳川時代の好色本『花の朧夜《おぼろよ》』を3時頃まで帳面に写した――ああ、予は！　予はその激しき楽しみを求むる心を制しかねた！

今朝は異様なる心の疲れを抱いて10時半頃に眼をさました。そして宮崎君[23]の手紙を読んだ。ああ！　みんなが死んでくれるか、予が死ぬか。二つに一つだ！　実際予はそう思った。そして返事を書いた。予の生活の基礎は出来た、ただ下宿をひき払う金と、家を持つ金と、それから家族を呼び寄せる旅費！　それだけあればよい！　こう書いた。そして死にたくなった。

やろうやろうと思いながら、手紙を書くのが厭《いや》さに――恐ろしさに、今日までやらずにおいた1円を母に送った――宮崎君の手紙に同封して。

予は昨夜の続き――『花の朧夜』を写して、社を休んだ。

夜になった。金田一君が来て、予に創作の興を起させようといろいろな事を言ってくれた。予は何ということなく、ただもうむやみに滑稽なことをした。

「自分の将来が不確かだと思うくらい、人間にとって安心なことはありませんね！　ハ、ハ、ハ、ハ！」

金田一君は横に倒れた。

予は胸のあばら骨をトントン指で叩いて、「僕が今何を――何の曲を弾《ひ》いてるか、わかりますか？」

あらん限りの馬鹿真似をして、金田一君を帰した。そしてすぐペンをとった。30分過ぎた。予は予が到底小説を書けぬことをまた真面目に考えねばならなかった。予の未来に何の希望のないことを考えねばならなかった。そして予はまた金田一君の部屋に行って、数限りの馬鹿真似をした。胸に大きな人の顔を書いたり、いろいろな顔をしたり、口笛でうぐいすやほととぎすの真似をしたり――そして最後に予はナイフを取り上げて芝居の人殺しの真似をした。金田一君は部屋の外に逃げ出した！　ああ！　予はきっとその時ある恐ろしいことを考えていたったに相違ない！

予はその部屋の電灯を消した、そして戸袋の中にナイフを振り上げて立っていた！――二人がさらに予の部屋で顔を合わした時は、どっちも今のことをあきれていた。予は、自殺ということは決してこわいことでないと思った。

かくて、夜、予は何をしたか？　『花の朧夜』！

2時頃だった。小石川の奥のほうに火事があって、真っ暗な空にただ一筋の薄赤い煙がまっす

23　宮崎郁雨（一八八五～一九六二）。本名大四郎。啄木の函館時代に親しくなった友人で、明治四十四年に妻の節子をめぐって絶交となるまで、金銭面を含め啄木への援助を惜しまなかった。「ローマ字日記」の頃は啄木が函館に残してきた妻子と母親の面倒を見ていた。

ぐに立ち昇った。

火！　ああ！

十七日　土曜日

10時頃に並木君[24]に起された。予は並木君から時計を質に入れてまだ返さずにいる。その並木君の声で、深い、深い眠りの底から呼び覚まされた時、予は何ともいえぬ不愉快を感じた。罪を犯した者が、ここなら安心とどこかへ隠れていたところへ、巡査に踏み込まれたならこんな気持がするかもしれぬ。

どうせ面白い話のありようはない。無論時計の催促を受けたんでも何でもないが、二人の間には深い性格のへだたりがある…………Gorkyのことなどを語り合って、12時頃別れた。

今日こそ必ず書こうと思って社を休んだ――否、休みたかったから書くことにしたのだ。それはともかくも予は昨夜考えておいた「赤インク」というのを書こうとした。予が自殺することを書くのだ。ノートへ3枚ばかりは書いた。…………そして書けなくなった！

なぜ書けぬか？　予はとうてい予自身を客観《かくかん》することができないのだ、否。とにかく予は書けない――頭がまとまらぬ。

それから、「茂吉イズム」という題でかって「入京記」に書こうと思っていたことを書こうとしたが……

風呂で金田一君に会った。今神保《じんぼ》博士から電話がかかってきたが、樺太《からふと》行きが決まりそうだという。金田一君も驚いているし、予も驚かざるを得なかった。行くとすればこの春中《ちゅう》だろうということだ。樺太《かばふと》庁の嘱託として「Giriyãku」「Orocho」などいう土人[25]の言葉を調べるに行くのだそうだ。

風呂から上ってきて机に向かうと悲しくなった。金田一君が樺太へ行きたくないのは、東京で生活することのできるためだ。まだ独身でいろいろな望みがあるためだ。もし予が金田一君だったらと考えた。ああ、ああ！

間もなく金田一君が、『独歩集　第二』[26]を持って入って来た。そして泣きたくなったと言った。そしてまた今日一日予のことばかり考えていたと言って、痛ましい眼つきをした。

金田一君に独歩の「疲労」その他2、3篇《ぺん》を読んでもらって聞いた。それから樺太のいろいろ

24　並木武雄（一八八七～一九九二）。函館時代の友人の一人で、当時は日本郵船社員。「ローマ字日記」の頃は東京外国語学校の学生として上京している。

25　ここではアイヌ民族のことを指している。

26　国木田独歩（一八七一～一九〇八）の二番目の作品集。独歩は明治三十年代から四十年代にかけて活躍し、明治四十一年六月に死去。啄木は独歩を「真の作家」「明治の文人でいちばん予に似た人」と評していた。

の話を聞いた。アイヌのこと、朝空《あさぞら》に羽ばたきする鷲のこと、船のこと、人の入れぬ大森林のこと…………

「樺太まで旅費がいくらかかります？」と予は問うた。

「20円ばかりでしょう。」

「フーム。」と予は考えた。そして言った。「あっちへ行ったら何か僕にできるような口を見つけてくれませんか？　巡査でもいい！」

友は痛ましい眼をして予を見た。

一人になると、予はまた厭な考えごとを続けなければならなかった。今月ももう半ば過ぎだ。社には前借があるし…………そして、書けぬ！『スバル』[27]の歌を直そうかとも思ったが、紙をのべたたけで厭になった。空き家へ入って寝ていて、巡査に連れられていく男のことを書きたいと思ったが、しかし筆をとる気にはなれぬ。

泣きたい！　真に泣きたい！

「断然文学を止めよう。」と一人で言ってみた。

「止めて、どうする？　何をする？」

「Death !」と答えるほかはないのだ。実際予は何をすればよいのだ？　予する《（ママ）》ことは何かあるだろうか?

いっそ田舎の新聞へでも行こうか！　しかし行ったとてやはり家族を呼ぶ金は容易に出来そうもない。そんなら、予の第一の問題は家族のことか?

とにかく問題は一つだ。いかにして生活の責任の重さを感じないようになろうか?　――これだ。

金を自分が持つか、然らずんば、責任を解除してもろうか、二つに一つ。

おそらく、予は死ぬまでこの問題をしょって行かねばならぬだろう！　とにかく寝てから考えよう。（夜1時。）

27　明治四十二年一月創刊の文芸雑誌。『明星』関係者を中心に集まり、啄木も詩や短歌、評論などを載せ、創刊から第十二号までは編集兼発行人の一人であった。

column

貧困と格闘する

啄木といえば貧困に苦しみ続けて早世した歌人として有名であるように、その生涯から経済的苦闘は切り離せない。節子と結婚後の啄木は、石川家の長として家族の生活を支えなければならない立場にあった。明治民法では家督は全て長男に譲られるが、戸主となった代わりに一家の成員すべてを養う義務がある。戸主としての立場は常に啄木を圧迫していたが、渋民尋常高等小学校尋常科代用教員時代には月給八円の立場を前向きに受け止めていた。月給八円で一家を養うのは、いくら田舎に暮らしていても到底無理な金額であるが、前任の有資格者の代わりに無資格の自分が採用されたこと、以前から理想的事業として興味のあった教職に就けたこと自体が喜ばしく、また「自分はもと〳〵詩人である」（明治四十年四月十一日付日記）という意識が俸給のような現実的な事柄から目を背けさせていたのである。

代用教員を免職となり、渋民村を追われるようにして北海道に渡った後も啄木一家の暮らしは楽ではなかった。年末には様々な掛取の支払いに追われるのが常だが、石川家には衣類などを質入れしても十二円あまりしかなく、ギリギリの状態で年を越している。けれども、この北海道の地では、啄木が経済的に逼迫し絶望的な心境になったようには見受けられない。長期にわたり無職であったことはなく、転々としながらも給料が貰える職に就けたという状況、何よりも「生存の理由も価値もない生存」にしかすぎない「目的の無い生活」(明治四十一年四月一日付日記)を脱し、東京へ行って創作生活を送るという希望が支えとなっていたからだろう。人は自負心や希望がある時には、どんなに貧乏な生活であっても自暴自棄な感情に屈することなく生きていけるのかもしれない。北海道時代までの啄木の様子からそのような思いを抱くのは、あれほど熱望した東京での生活において、啄木の心境は時として急激に下降することが多くなり、「ローマ字日記」の頃には痛ましいまでの内面が連日さらけ出されるようになるからである。

明治四十二年二月二十五日に、啄木は東京朝日新聞社の校正係として正式に採用される。月給二十五円に一夜につき夜勤手当一円という待遇はそれほど悪くはないはずであるが、その頃の啄木には既に上京して以来溜まっていった百円以上の未払いの下宿料があり、その支払督促が生活の土台を常に揺るがせていた。

更に重要なのは、自分には小説が書けないという事実を啄木自身が次第に認めざるを得なくなったことである。啄木の格闘はもはや貧乏に対するものだけではなかった。貧困の日々を何とか生き抜きながら、その日常はいまや本当に「目的の無い生活」、「生存の理由も価値もない生存」にしかすぎなくなっている。生きる価値などあるのだろうか。けれども、啄木の成功と収入を期待し続ける家族が函館で待っている。どうにか、また原稿用紙に向かってみる。書けない……。文学をやめるか、それとも続けるか。生きるべきか、死ぬべきか。啄木の貧困との格闘は二重三重の苦悶を纏い、この時期の啄木を苦しめ、追い詰め続けたのである。

十八日　日曜日

早く眼は覚ましたが、起きたくない。戸が閉まっているので部屋の中は薄暗い。11時までも床の中にモゾクサしていたが、社に行こうか、行くまいかという、たった一つの問題をもてあました。行こうか？　行きたくない。行くまいか？　いや、いや、それでは悪い。何とも結末のつかぬうちに女中がもう隣の部屋まで掃除してきたので起きた。顔を洗ってくると、床を上げて出て行くおツネの奴。

「掃除はお昼過ぎにしてやるから、ねえ、いいでしょう？」

「ああ。」と予は気抜けしたような声で答えた。「――してやる？　フン。」と、これは心のうち。

節子から葉書が来た。京子が近頃また体の具合がよくないので医者みせる《ママ》と、また胃腸が悪い――しかも慢性だと言ったとのこと。予がいないので心細い。手紙がほしいと書いてある。

とにかく社に行くことにした、一つは節子の手紙を見て気を変えたためでもあるが、また、「今日も休んでる！」と女中どもに思われたくなかったからだ。

「なーに、厭になったら途中からどっかへ遊びに行こう！」そう思って出たが、やっぱり電車に乗ると、切符を数寄屋橋に切らせて社に行ってしまった。

三つぐらいの可愛い女の子が乗っていた。京子のことがすぐ予の心に浮かんだ。節子は朝に出て夕方に帰る。その一日、狭苦《せまくろ》しい家の中はおっかさんと京子だけ！　ああ、おばあさんと孫！

予はその一日を思うと、眼がおのずからかすむを覚えた。子供のたのしみは食い物のほかにない。その単調な、薄暗い生活に倦《う》んだ時、京子はきっと何か食べたいとせがむであろう。何もない。「おばあさん、何か、おばあさん！」と京子は泣く。何とすかしても聞かない。「それ、それ………」と言って、ああ、たくあん漬！

不消化物がいたいけな京子の口から腹に入って、そして弱い胃や腸を痛めている様が心に浮かんだ！

にせ病気をつかって5日も休んだのだから、予は多少敷居の高いような気持ちで社に入った。無論何の事もなかった。そして、ここに来ていさえすれば、つまらぬ考えごとをしなくてもいいようで、何だか安心だ。同時に、何の係累のない——自分の取る金で自分一人を処置すればよい人たちがうらやましかった。

新聞事業の興味が、校正の合間合間に予を刺激した。予は小樽が将来最も有望な都会なことを考えた。そして、小樽に新聞を起して、あらん限りの活動をしたら、どんなに愉快だろうと思った。

妄想《ぼうそう》は果てもない！　函館の津波………金田一君と共に樺太へ行くこと………ロシア領の北部樺太へ行って、いろいろの国事犯人に会うこと………

帰りに啞の女を電車の中で見た。「小石川」と手帳へ書いて、それを車掌に示して、乗換切符をもらっていた。

妹――親兄弟に別れ、English 人の Evance（?）という人と共に今月旭川へ行った光子から長い手紙が来ていた。「…………この頃はだいぶ町にも慣れまして、凌《しの》ぎやすくなりました。でも、こう、柔らかな春日和を窓ごしに受けてなどおりますと、どこも思い出しませんが、ただ、故郷《ふるさと》なる渋民を思い出します。兄様《にいさま》に言いつけられて、あの山道の方など、菫を探しに歩きました当時のことを追懐いたします。兄様もあるいはその当時の有様を心にお辿《たど》りになることがおありかもしれません！　…………私の机の上に可愛らしい福寿草があります。それを見ていますと、今日、ふと故郷が思い出されてなりませんの。よく菫や福寿草を探しに、あの墓場のほとりを歩きましたっけ！　…………そして、いろいろなことを思い出しましたの。兄様に叱られた昔のことを思っては、新しく恨んでもみました――許して下さいませ！　今は叱られたくても及びません！

「なぜあの時、甘んじて兄様に叱られなかったでしょう？　今になってはそれがこの上もなく、悔しうございます。もう一度、兄様に叱られてみたくって！　しかしもう及びません！　……実際私の心がけは間違ってましたねえ！　…………兄様は今渋民の誰かとお便りなすっていらっしゃるの？　私、秋浜清子さんにお便り出したいと存じておりますが、北海道へ参ってからまだ一度も出しませんの。…………

「それから私どもねえ、5月中頃は婦人会や修養会がございまして、また小樽や余市方面へ参ります………」

………予の眼はかすんだ。この心持ちをそのまま妹に告げたなら、妹はどんなに喜ぶであろう！　現在の予に、心ゆくばかり味わって読む手紙は、妹のそればかりだ。母の手紙、節子の手紙、それらは予にはあまり悲しい、あまり辛い。なるべくなら読みたくないとすら思う。そしてまた、予には以前のように心と心の響き合うような手紙を書く友人がなくなった。時々消息する女――二、三人の若い女の手紙――それも懐かしくないわけではないが、しかしそれは偽りだ。………妹！　予のただ一人の妹！　妹の身についての責任はすべて予にある。しかも予はそれを少しも果たしていない。――おととしの5月の初め、予は渋民の学校でストライキをやって免職になり、妹は小樽にいた姉のもとに厄介になることになり、予もまた北海道へ行って何かやるつもりで、一緒に函館まで連れてってやった。津軽の海は荒れた。その時予は船に酔って蒼くなってる妹に清心丹《せいしんたん》などを飲まして、介抱してやった。――ああ！　予がたった一人の妹に対して、兄らしいことをしたのは、おそらく、その時だけなのだ！

妹はもう二十二だ。当たり前ならば無論もう結婚して、可愛い子供でも抱いてるべき年だ。それを、妹は今までもいくたびか自活の方針をたてた。不幸にしてそれは失敗に終った。あまりに兄に似ている不幸な妹は、やはり現実の世界に当てはまるように出来ていなかった！　最後に妹は神を求めた。否、おそらくは、神によって職業を求めた。光子は、今、冷やかな外国婦人のもとに養われて、「神のため」に働いている。来年は試験を受けて名古屋のMission Schoolへ入り、「一生を神に捧げて」伝道婦になるという！

兄に似た妹は果たして宗教家に適しているだろうか！

性格のあまりに近いためでが《（ママ）》なあろう。予と妹は小さい時から仲が悪かった。おそらくこの二人の《（ママ）》くらい仲の悪い兄妹《きょうだい》はどこにもあるまい。妹が予に対して妹らしい口を利いたことはあったが、予はまだ妹がイジコの中にいた時から、ついぞ兄らしい口を利いたことはない！

ああ！　それにもかかわらず。妹は予を恨んでいない。また昔のように叱られてみたいと言ってる――それがもうできないと悲しんでる！　予は泣きたい！

渋民！　忘れんとして忘れ得ぬのは渋民だ！　渋民！　渋民！　我を育て、そして迫害した渋民！　…………予は泣きたい、泣こうとした。しかし涙が出ぬ！　…………その生涯の最も大切な18年の間を渋民に送った父と母――悲しい年寄りだちには、その渋民は余りに辛く痛ましい記憶を残した。死んだ姉は渋民に3年か5年しかいなかった。二番目の岩見沢の姉は、やさしい心と共に渋民を忘れている。思い出すことを恥辱のように感じている。そして節子は盛岡に生まれた女だ。予と共に渋民を忘れ得ぬものはどこにあるか？　広い世界に光子一人だ！

今夜、予は妹——哀れなる妹を思うの情に堪えぬ。会いたい！　会って兄らし口《(ママ)》を利いてやりたい！　心ゆくばかり渋民のことを語りたい。二人とも世の中の辛さ、悲しさ、苦しさを知らなかった何年の昔に帰りたい！　何もいらぬ！　妹よ！　妹よ！　我らの一家がうち揃うて、楽しく渋民の昔話をする日は果たしてあるだろうか？

いつしか雨が降りだして、雨だれの音が侘びしい。予にしてもし父——すでに一年便りもせずにいる父と、母と、光子と、それから妻子とを集めて、たとい何のうまいものはなくとも、一緒に晩餐をとることができるなら…………

金田一君の樺太行きは、夏休みだけ行くのだそうだ。今日は言語学会の遠足で大宮まで行って来たとのこと。

十九日　月曜日

下宿の虐待は至れり尽くせりである。今朝は九時頃起きた。顔を洗ってきても火鉢に火もない。一人で床を上げた。マッチで煙草をのんでいると、子供が廊下を行く。言いつけて、火と湯をもらう。二十分も経ってから飯を持ってきた。シャモジがない。ベルを押した。来ない。また押した。来ない。よほど経ってからおツネがそれを持ってきて、もの言わずに投げるように置いて行った。味噌汁は冷たくなっている。

窓の下にコブの木の花が咲いている。昔々、まだ渋民の寺にいたころ、よくあの木の枝を切ってはパイプをこしらえたものだっけ！

女中などが失敬な素振りをすると、予はいつでも、「フン、あの畜生！　俺が金をみんな払って、そして、奴等にも金をくれてやったら、どんな顔をしておべっかを使いやがるだろう！」と思う。しかし、考えてみると、いつその時代が俺に来るのだ？

「小使豊吉《とよきち》」後に「坂牛君の手紙」と題を改めて書き出したが、五行も書かぬうちに十二時になって社に出かけた。

変ったこととなし、老小説家三品老人が何かと予に親しみたがってる様子が面白い。給仕の小林は、「あなたがスバルという雑誌に小説をお書きになったのは何月ですか？」と聞いていたっけ。

帰ってきて、「坂牛君の手紙」をローマ字で書き出したが、十時頃には頭が疲れてしまった。

二十日　火曜日

廊下でおツネが何か話している。その相手の声は予のいまだ聞いたことのない声だ。細い、初々しい声だ。また新しい女中が来たなと思った――それは七時頃のこと――この日第一に予の意識にのぼった出来事はこれだ。

うつらうつらとしていると、誰かしら入って来た。「きっと新しい女中だ。」――そう夢のように思って、二、三度ゆるやかな呼吸をしてから眼を少しばかり開いてみた。思ったとおり、十七ぐらいの丸顔の女が、火鉢に火を移している。「おサダさんに似た、」とすぐ眼をつぶりながら、思った。おサダさんというのは、渋民の郵便局の娘であった。あのころ――三十六年――たしか十四だったから、今は十――十――そうだ、もう二十歳になったのだ………どこへお嫁に行ったろう？　そんなことを考えながら金矢七郎君を思い出した。そしてウトウトした。すぐまた眼がさめた――と言っても眼をあく程すっかりではない。手荒く障子をあけておツネが入って来た。そして火鉢の火を持って行く、予が眼をあくと、

「あなたの所へはあとで持って来ます。」

「虐待しやがるじゃないか？」と、予は、胸の中でだけ言ったつもりだったが、つい口に出てしまった。おツネは顔色を変えた。そして何とか言った。予は「ムニャ、ムニャ」言って寝返りをした！

午前中、頭がハッキリしていて、「坂牛君の手紙」を2枚だけ書いた。そして社に行った。

昨夜川崎の手前に汽車の転覆があったので、社会部の人たちはテンテコ舞いをしている。

例刻に帰った。間もなく平出君から電話。短歌号の原稿の催促だ。いい加減な返事をしたが、

フム！　つまらない、歌など！　そう思うと、家にくすぶってるもつまらないという気になって、一人出かけた、5丁目の活動写真で9時いた《（ママ）》。それから1時間はアテもなく電車の中。

今朝、肩掛を質屋に持って行って60銭借りた。そして床屋に入って頭を5分刈りにし、手拭とシャボンを買って、すぐその店の前の湯屋に入ろうとすると、「今日は検査の日だから、11時頃からでなくては湯がたたぬ。」とその店の愛嬌のあるカミさんが教えてくれた。

column

文字と文体

現代の日本では日常生活のいたるところでローマ字は使用されており、教育の場でも早い段階からローマ字は教えられている。人々はローマ字を見慣れているし、使いこなせる者も大勢いる。けれども我々の多くはローマ字で日記を書こうとは思わない。

それは一般的に、日本語の文章表記は漢字仮名交じりの口語文が常識だという前提があるからだ。だが、この揺るぎなき前提が確立される以前、日本人が文字表記や文体を模索していた時代があった。それが啄木の生きた明治時代であり、ローマ字採用とはそうした時代背景を抜きにしてはやはり語れないのではないだろうか。そこでまず、明治期の国語改革の歴史から簡単に振り返ってみよう。

江戸時代末期の一八六六（慶應二）年、前島密《ひそか》が「漢字御廃止之儀」によって漢字廃止・仮名採用論を将軍徳川慶喜に建白したことを機に日本の国語改革論議は始まりを告げる。日本において主に使用されていた文字は、古来中国より伝わった漢字とひらがな・カタカナであるが、日本の民衆全てがこの三種類の文字を自在に操れたわけではなかった。階級や職業によって読み書きの修得レベルにはばらつきがあり、中でも漢字の修得者は限られていた。明治時代になって一般民衆への教育の普及を目指さねばならない時に、漢字のような難しい文字を勉強しなければ書物から様々な知識を吸収することができない状態では都合が悪い。そこで日本の国字は簡単な文字にする方が合理的であるとする論者たちが登場し始め、漢字廃止論や漢字削減案などが取り沙汰されるようになったのである（諸外国との関係などの理由も挙げられていた）。

漢字の代わりに注目されたのが仮名文字とローマ字であった。ローマ字は十六世紀に日本に伝来したと言われるが、民衆の文字としての広まりは無論なかった。だがこの時期には、開国以来日本に押し寄せる西洋文明を理解するために最も便利な文字であることが強調され、明治十八年には「羅馬字会」が結成されるに至ったのである。その後ローマ字論者たちは綴り方の上でヘボン式と日本式とに分かれるようになったが、両派は明治三十八年「ローマ字ひろめ会」として大同団結する。そしてこの頃から、ローマ字に関する出版物も世に多く出るようになっていった。

同じ頃、日本国家も本格的に国語改革に着手し始める。明治三十五年に官制国語調査委員会が設置され、同委員会の出した指針によって、漢字の採用を削減していくことや音韻文字の採用、〈標準語〉による言文一致が目指されることとなった。この指針にみられるように、国語の問題は文字表記だけに限らず文体や〈標準語〉も含まれていた。こうした国語調査委員会の方針は、第一期国定教科書（明治三十七年発行）に如実に反映されるが、第二期（明治四十三年発行）では第一期の方針の多くが履されるなど、明治時代においては日本語表記の安定した状態が確立されていたとは言い切れないのであった。

このように日本語表記が揺れ動いていた時代では、自分がどのような表記を用いるか、現代の我々とは比較にならないほど意識的であったと考えられよう。表記の揺れは文字の問題ばかりではない。話し言葉とは区別された書き言葉としての文体（例えば漢文訓読体や雅文体など）は多数存在していたし、一般的に文語調の文体はよく使用されていた。小説等での言文一致はかなり広まっていたものの、現代の読み書きで使用する口語文体は、先にあげたように、ようやく明治三十五年に国の方針として示されるような具合であったのだ。

啄木の日記では、明治三十五年の「秋韷笛語《しゅうらくてきご》」と明治三十七年の「甲辰詩程《こうしんしてい》」が文語文体で書かれており、明治三十九年「渋民日記」から口語文体が採用されているが、明治四十年「丁未《ていみ》日誌」で再び文語文体に戻り、「明治四十一年日誌」から改めて口語文体になる。さらに引き続き口語文で書かれている「明治四十二年当用日記」中の四月三日からはローマ字表記による文章が試みられ、四日後には独立した一冊のノートに「ローマ字日記」が始まる。「ローマ字日記」の文体もまた口語であるが、「明治四十二年当用日記」と比較すると、より発話的な表現に近づいている部分が見受けられ、そこに啄木の文体に対する意識の現れをみることができるのである。改めてこうした変化を見ていくと、啄木はその時々の日記における文体をきちんと選び取っており、このような意識の向け方こそが、ローマ字表記と結びついた日記へ辿りつく一つの要因であったと思われるのだ。

二十一日　水曜日

昨夜枕の上で天外[28]の『長者星』を少し読んだ。実業界のことを書こうと思って一ヵ年間研究したという態度が既に間違っている。第二義の小説…………が、この作家は建築家のような、事件を組み立てる上の恐るべき技量を持っている。空想の貧弱な作家の及ぶところでない。

そうしてる所へ金田一君が、「お湯があるか。」と言って入って来て、上田敏[29]氏が何かの雑誌へ「小説は文学に非ず」という論文を出すそうだという話をした。「それ、ごらんなさい！」と予は言った。「あの人もとうとうその区別をしなければならなくなってきた。詩は文学の最も純粋なものだというあの人のclasicalな意見なり趣味なりを捨てることもできず、さりとて、新文学の権威を認めぬわけにいかなくなってきた。そこでそんな二元的な区別を立てなくちゃならなくなったんでしょう。——」

今日から3階はまたおキヨさんの番だ。早く起きた。

遂に葉桜の頃とはなった。窓を開けると、けぶるような若葉の色が眼を刺激する。

昨日は電車の中で二人まで夏帽をかぶった人を見た。夏だ！

9時に台町の湯屋へ行った。ここは去年東京に来て赤心館にいた頃、よく行きつけた湯屋だ。大きい姿見、気持ちよき噴霧器、何の変りはない。ただあの頃いた17ばかりの男好きらしい女が、今日は番台の上にいなかった。一枚ガラスの窓には朝のすがすがしい日光に青葉の影がゆらめいていた。予は一年前《ぜん》の心持になった。三助[30]も去年の奴だ。………そして予は激しい東京の夏がすぐ眼の前に来てることを感じた。赤心館[31]のひと夏！　それは予が非常な窮迫の地位に居ながらも、そうして、たとい半年《はんねん》の間でも家族を養わねばならぬ責任から逃れているのが嬉しくて、そうだ！　なるべくそれを考えぬようにして「半独身者」の気持ちを楽しんでいた時代であった。そのころ関係していた女をば、予は間もなく捨ててしまった。――今は浅草で芸者をしている。いろいろのことは変った。予はこの一年間に幾人かの新しい友を得、そうして捨てた。………予は、その頃より健康になった体をせっせと洗いながら、いろいろの追懐にふけった。――一年間の激しい戦い！　………（以下、縦区切り線までの英文は編集部で和訳した）そして、恐ろしい夏が再び予にやってくる――一文無しの小説家のもとに！　恐ろしい夏が！　ああ、肉体的

28　小杉天外（一八六五～一九六二）。小説家。明治三十九年に書いた大衆小説『魔風恋風』で人気が出た。
29　上田敏（一八七四～一九一六）詩人。訳詩集『海潮音』が有名。蒲原有明や薄田泣菫らの象徴詩に大きな影響を与えている。啄木とは『明星』を通して知り合い、『あこがれ』に序詩を寄せた。
30　銭湯で客の背中を流したり風呂をたいたりする下働きの男性のことを指す。
31　明治四十一年上京後に住んだ最初の下宿。もともと金田一京助の下宿先であった。下宿料が滞るようになると厳しく督促したため、啄木は一時自殺を考えるほど追いつめられた。その後、金田一が下宿料を肩代わりし、同年九月には二人で蓋平館別荘に引っ越した。

な闘争の激しい痛みと深い悲しみと共に。一方では若いニヒリストの底なしの歓喜と共に。

予が湯屋の門から出てきた時、昨日予に石鹸を売った女が落ち着いた愛嬌のあるそぶりを見せながら、「おはようございます」と言った。

湯と追憶は、何だか私に温かく若々しい快活さをもたらす。予は若い、そして何とか生活はそれほど暗くもなく、つらくもないという具合である。もし、予が金を送らず、妻たちを東京に呼び寄せないとしたら、母と妻は食べるために他の方法をとるだろう。予は若い、若い、若い。そして、予にはペンがある、頭脳、眼、心そして精神がある。それが全て、全てである。もし大家が予をこの部屋から追い出すなら、予はどこにでも行こう――この首府にはたくさんの下宿やホテルがあるのだ。今日、予は五輪銅貨一枚しか持っていない。しかし、それが何だ。ナンセンスだ。東京にはたくさんの、たくさんの作家がいる。それが予にとって何であろう？何でもない。彼らは指先と筆で書いている。しかし、予はインクとGペンで書かなければならぬ。それがすべてだ、あぁ、燃える夏と緑の闘争！


今日から汽車の時間改正のため第一版の締切が早くなり、ために第二版のできるまで居ることになった。出勤は12時、退《ひ》けは6時。

夜、金田一君の部屋にナカムラ君が来た。行って話す。この人も学校を出ると多分朝日へ入るようになるだろうとのこと。
平出から原稿催促の電話。

二十二日　木曜日

昨夜早く寝たので、今日は6時頃に起きた。そして歌を作った。晴れた日が午後になって曇った。

夜、金田一君と語り、歌を作り、10時頃また金田一君の部屋へ行って、作った歌を読んで大笑い、さんざんふざけ散らして、大騒ぎを帰《（ママ）》って来て寝た。

二十三日　金曜日

6時半頃に起きて洗面所に行くと、金田一君が便所で挨拶と《（ママ）》いう十九番の部屋の美人が今しも顔を洗って出て行くところ。遅かった由良之助！　その女の使った金盥《かなだらい》で顔を洗って、「何だ、バカなことをしやがるなあ！」と心のうち。

歌を作る。予が自由自在に駆使することのできるのは歌ばかりかと思うと、いい心持ではない。

11時ごろから雨が降り出した。社では木村、前川の両老人が休んだので第一版の校了まで煙草ものめぬ忙しさ。

帰る頃からバカに寒くなってきた。それに腹がへっているので電車の中で膝小僧が震えた。中学時代の知人長沼君に会った。生白い大きな顔に、高帽をかぶって、今風の会社員か役人風のスタイルをして、どうやら子供のありそうな横柄《おうへい》な様子だ。こいつどうせ来る奴でないからと番地を書いて名刺をくれてやった。

近頃電車の中でよく昔の知人に会う。昨日も数寄屋橋で降りる時、出口に近く腰かけていた角《かく》帯《おび》の青年、

「失礼ですがあなたは盛岡にいらしった石――」

「そうです、石川です。」

「私は柴内《しばない》――」

柴内薫、あの可愛かった子供！　どこにいると聞いたら、赤坂の多田――もとの盛岡中学の校長――の家にいると言った。こっちの住所は教える暇もなく予は降りてしまった。

金田一君はしきりに明日のLectureの草稿をつくっているらしい。予は帰って来て飯が済むとすぐとりかかって歌を作り始めた。この間からの分を合わせて、12時頃までかかって70首にして、「莫復問《ばくふくもん》七十首」と題して快く寝た。何に限らず一日暇なく仕事をしたあとの心持はたとうるも

のもなく楽しい。人生の真の深い意味は蓋《けだ》しここにあるのだろう！

二十四日　土曜日

晴れた日ではあったが、北風は吹いて寒暖計は62度8分[32]しか昇らなかった。「スバル」の募集の歌「秋」698首中《うち》から、午前のうちに40首だけ選んだ。社に行く時それと昨夜の「莫復問七十首」とを平出君のところに置いて行った。

今日の記事の中に練習艦隊太平洋横断の通信があった。その中に、春季皇霊祭の朝、艦員皆甲板に出て西の空を望んで皇霊を拝したというところがあった。耳の聞けない老小説家の三品じいさん、「西の空では日本の方角ではない」と言って頑としてきかなかった。それから前川じいさんは昨日無断欠勤したというので、加藤「round eyes」と喧嘩をしていたっけ。この人は予の父に似た人なのだ。

少し遅くなって帰った。机の上には原稿紙の上に手紙らしいもの——胸を躍らして電灯のネジをひねると、それは札幌の橘智恵子さんから——！　退院の知らせの葉書をもらってから予はま

32　華氏温度での表記。摂氏温度で約十七度。

だ返事を出さずにいたったのだ。

「函館にてお目にかかりしは僅かの間に候いしがお忘れもなくお手紙………お嬉しく」――と書いてある。「この頃は外を散歩するくらいに相成候」と書いてある。「昔偲ばれ候」と書いてある。そして「お暇あらば葉書なりとも――」と書いてある。

　金田一君が入ってきた。今日のLectureの成績がよかったとみえてニコニコしている。話はいろいろであったが、友の眼の予に語るところは、「創作をやれ」ということであった。「足跡《そくせき》のあとを書け、」と言った。そして1カ月前の予の興奮時代を語ってその眼は予の現在の深き興味を失った気持ちを責むるごとくであった。予は言った。

「だが、金田一さん、俺だってすぐ貴方の希望に沿いたい………が、俺には今敵がなくなった！　どうも張り合いがない。」

「敵！　そうですねえ！」

「あの頃の敵は太田君[33]だった。実際です。」

「そうでしたねえ！」

「太田と俺の取引きは案外早く終っていま（ママ）った。」

　『二元、二元、なお説き得ずば三元を樹つる意気込み、賢き友かな』

　私はこの歌を作るとき誰を思い浮かべたと思います？　上田さんと、それから太田君です。まだこのほかにも太田に対する思想上の絶交状を意味する歌を三つ四つ作りましたよ。」

「つまり、もう太田君を棄てたんですか?」

「敵ではなくなったんです。だから俺はこうガッカリしてしまったんです。敵! 敵! Authorityのない時代には強い敵がなくちゃあダメですよ。そこへ行くと独歩なんかはえらい、実にえらい。」

こんな話も、しかし、予の心臓に少しの鼓動をも起さなかった。

二十五日 日曜日

予の現在の興味は唯一つある。それは社に行って2時間も3時間も息もつかずに校正することだ。手があくと頭が何となく空虚を感ずる。時間が長くのみ思える。はじめ予の心を踊り立たした輪転機の響きも、今では慣れてしまって強くは耳に響かない。今朝このことを考えて悲しくなった。

予はすべてのものに興味を失っていきつつあるのではあるまいか? すべてに興味を失うとい

33 木下杢太郎(一八八五～一九四五)。本名は太田正雄。医者。劇作家。詩や小説も書き、後年は美術やキリシタン史の研究をするなど幅広く活動した。

うことは、即ちすべてから失われるということだ。

"I have had lost from everything !" こういう時期がもし予に来たら！

「駆け足をして息が切れたのだ。俺は今並み足で歩いている。」と予は昨晩友に語った。

今日は砲兵工廠《こうしょう》の大煙突が煙を吐いていない。


社に行って月給を受け取った。現金7円と18円の前借証。先月は25円の顔を見ただけで佐藤さんに返してしまい、結局一文も持って帰ることが出来なかったが……

日曜だから第一版だけで予は帰った。そして4時頃駿河台の与謝野氏を訪ねた。主人は俳優養成所の芝居を見に行って留守だったが、二階で晶子さんと話していると吉井君が来た。平山良子[34]の話が出た。

晶子さんは、今度の短歌号に出す与謝野氏の歌は物議をかもしそうだと言う。どうしてですと言うと、

「こないだ二人で喧嘩したんですよ。うちが、あなた、七瀬《ななせ》ばっかり可愛がって八峰《やつお》を、どうしてなんですか、大層いじめるんでございますよ。あんまりいじめるもんですからますます神経が弱って泣くもんですからね、こないだ1週間だけ叱らない約束してもらったんですが、それをねえ、またピシャピシャ顔をぶつもんですから、わたしそんなに子供をいじめられるなら家へ帰

りますと言うと怒りましてねえ。それを今度の歌に作ったんでございますの。『妻に棄てられた』とか何とかいろんなのがありますよ。」

「ハ、ハ、ハ！　そうですか。」

「それから、あの、山川さんがおなくなりになりましたよ。」

「山川さんが………！」

「ええ、………今月の15日に………」

薄幸なる女《じょ》詩人山川登美子[35]女史は遂に死んだのか？！

………………！

与謝野氏が帰って来て間もなく予は辞した。何やらの話の続きで「ハ、ハ、ハ」と笑いながら外に出て予は、二、三歩歩いて「チェッ、」と舌打ちした。「よし！　彼らと僕とは違ってるのだ。フン！　見ていやがれ、馬鹿野郎め！」

電車の20回券を買った。

34　本名平山良太郎。新詩社の短歌添削の会で啄木と親しかった菅原芳子の紹介で啄木に短歌を送っていた。良子という名で啄木に芸者の写真を送るなど、女性のふりをしていた。
35　山川登美子（一八七九〜一九〇九）与謝野晶子と共に『明星』で活躍した歌人。与謝野鉄幹への思慕を絶ち切り、親の命に従った結婚をしたが夫と死別。啄木は東京新詩社を通じ登美子と知り合っている。肺結核のため二十九歳で死去。

頭が少し痛い。金田一君を誘って散歩に出かけた。本郷三丁目で、

「どこへ行きます?」

「そう!」

坂本行きの乗換切符を切らせて吉原へ行った。金田一君には二度目か三度目だが、予は生まれて初めてこの不夜城に足を入れた。しかし思ったより広くもなく、たまげる程のこともなかった。廓の中をひと巡り廻った。さすがに美しいには美しい。

角海老《かどえび》の大時計が10時を打って間もなく予らはその花のような廓を出て、車で浅草まで来た。塔下苑を歩こうかと言い出したが、二人とも興味がなくなっていたので、そして、バカに空腹を感じていたので、とある牛肉屋に上がって飯を食った。そうして12時少し過ぎに帰って来た。

「夜眼を覚ますと雨だれの音が何だか隣室のささめごとのようで、美しい人が枕元にいるような……縹渺《ひょうびょう》たる心地になることがある、」というようなことを金田一君が言い出した。

「縹渺たる心地!」と予は言った。「私はそんな心地を忘れてから何年になるかわからない!」

友はまた、「私もいつか是非、あそこへ行ってみたい」というようなことを言った。

「大いにいい!」と予は言った。「行った方がいいですよ。そしてけうこん《ママ》したらどうです?」

「相手さえあればいつでも。だがけうこん《ママ》したらあんな所へ行かなくてもいいかも知れませんね!」

「そうじゃない。僕はやっぱり行った方がいいと思う。」

「そうですねえ！」

「なんですねえ、浅草は、いわば、単に肉欲の満足を得るところだから、相手がつまりはどんな奴でも構わないが、吉原なら僕はやはり美しい女と寝たい。あそこには歴史的連想がある。一帯が美術的だ。………華美を尽した部屋の中で、燃え立つような紅絹裏《もみうら》の、寝ると体が沈むような布団に寝て、蘭灯《らんとう》影濃《こま》やかなる所、縹渺たる気持ちからふっと眼をあくと、枕元に美しい女が行儀よく座っている………いいじゃありませんか？」

「ああ、堪《たま》らなくなる！」

「吉原へ行ったら美人でなきゃいけませんよ。浅草ならまた何でもかんでも肉体の発育のいい、Organ の完全な奴でなくちゃあいけない。………」

二人は1時間近くもその「縹渺たる気持ち」や、盛岡のある女学生で吉原にいるというクジ某《なにがし》のことを語って寝た。

二十六日　月曜日

眼を覚ますと火鉢の火が消えていた。頭の中がジメジメ湿っているような心持ちだった。

何とかして明るい気分になりたいというようなことを考えているところへ並木君の葉書が着いた。

それを見ると予の頭はすっかり暗く、冷たく、湿りかえってしまった。借りて質に入れてある時計を今月中に返してくれまいかという葉書だ。

ああ！　今朝ほど予の心に死という問題が直接に迫ったことがなかった。今日社に行こうか行くまいか………いや、いや、それよりも先ず死のうか死ぬまいか？　………そうだ、この部屋ではいけない。行こう、どこかへ行こう………

湯に行こうという考えが起こった。それは自分ながらこの不愉快な気分に堪えられなかったのだ。先日行った時のいい気持ちが思い出されたのだ。とにかく湯に行こう。そしてから考えることにしよう。そして予は台町の湯屋に行った。その時までは全く死ぬつもりでいたのだ。

湯の中は気持ちがいい。予は、出来るだけ長くそこにいようと思った。ここさえ出れば恐ろしい問題が待ち構えていて、すぐにも死ぬか何かせねばならぬようで、あたたかい湯につかっている間だけが自分の体のような気がした。予は長くいようとした。しかし案外に早く体も洗わさってしまう。どうしよう！　上がろうか？　それとももう少し入っていようか？　上がったら一体どこに行こう？

ガラス戸越しに番台の女が見える。それは去年この湯によく行った頃いた娘、この間行った時はどうしたのか見えなかった、鼻の低い、しかしながら血色のいい、男好きらしい丸顔の女であったが、この一年《いちねん》足らずの間に人が変ったかと見えるくらい肥っている。娘盛りの火のような圧迫に体がうずいているように見える……この女の肉体の変化は予をしていろいろの空想を起さしめた。

出ようか出まいかと考えていると――死のうか死ぬまいかという問題が、出ようか出まいかの問題に移って、ここに予の心理的状態が変化した。水をかぶって上がった時、予の心はよほど軽《かろ》かった。そして体量を計ると12貫200匁[36]あった。先日より400匁増えている。

煙草に火をつけて湯屋を出ると、湯上りの肌に空気が心地よく触《さわ》る。書くのだ！という気が起った。そして松屋へ行って原稿紙を買った。

部屋へ帰って間もなく宮崎君の手紙が着いた。

予は……！　宮崎君は、六月になったら予の家族を東京によこしてくれるという。旅費も何も心配しなくてもいいという。…………

今日予は全く自分の気分を明るくしようしようということばかりに努めて日を送ったようなも

36　一貫は三．七五キログラムを指すので啄木の当時の体重は約四十六キログラム。

のだ。頭が少し痛くってややもすると世界が暗くなるような気がした。

社から帰って来て飯を食っていると金田一君が来た。やはり勉強したくない晩だという。

「今夜だけ遊ぼう！」

そして二人は8時頃家を出て、どこへ行こうとも言わずに浅草へ行った。電気館の活動写真を見たが興がないので間もなく出て、そして「塔下苑」を歩いた。なぜか美しい女が沢山眼についた。とある所へ引っ張り込まれたが、そこからはすぐに逃げた。そしてまた別の所へ入ると、Gesture に富んだ女がしきりに何か奢ってくれと言う。「弥助」を食った。

「新松緑《しんまつみどり》！」それはいつか北原と入って酒を飲んだ所だ。二人は10時半頃にそこへ入った。タマ子という女は予の顔に見覚えがあると言った。美しくて、そして品のある（言葉も）女だ。その女がしきりにその境遇についての不平と女将《おかみ》のひどいことと、自分の身の上とを語った。予は壁に掛けてある三味線の糸を爪ではじき、果てはそれを取りおろしておどけた真似をした。なぜそんな真似をしたか？　予は浮かれていたのか？

否！　予は何ということもなく我が身の置き所が世界中になくなったような気持ちに襲われていた。「頭が痛いから今夜だけ遊ぼう！」それは嘘に違いない。そんなら何を予は求めていたろう？　女の肉か？　酒か？　恐らくそうではない！　そんなら何か？　自分にも分からぬ！

自意識は予の心を深い深いところへ連れて行く。予はその恐ろしい深みへ沈んで行きたくなかった。家へは帰りたくない。何かいやなことが予を待ってるようだ。そして本郷がバカに遠い所のようで、帰って行くのがおっくうだ。そんならどうする？　どうもしようがない。身の置き所のないという感じは、予をしていたずらにバカな真似をせしめた。

「わたし、来月の5日にここを出ますわ、」とタマ子が悲しそうな顔をして言った。

「出るさ！　出ようと思ったらすぐ出るに限る。」

「でも借金がありますもの。」

「いくら？」

「入るとき40円でしたが、それがあなた、段々積もって100円にもなってるんでございますわ。着物だって一枚もこしらえはしないんですけれど……」

予はもう堪えられなくなるような気がした。泣くか、冗談を言うか、ほかに仕方がないような気持ちだ。しかし予はその時冗談も言えなかった。無論泣けなかった。

帳場ではタマちゃんの悪口を言ってる女将の声。外には下卑た浪花節とひょうきんなひやかし客の声と、空虚なところから出るような女芸人の歌の節！

「浮世小路《うきよこうじ》！　ね！」と予は金田一君に言った。

酒を命じた。そして予は3杯グイグイ続けざまに飲んだ。酔いはたちまち発した。予の心は暗い淵へ落ちて行くまいとして病める鳥の羽ばたきするようにもがいていた。

イヤな女将が来た。予は2円出した。そして隣室に行っておエンという女と5分間ばかり寝た。タマちゃんが迎いに来て先《せん》の部屋に行った時は、金田一君は横になっていた。予はものを言いたくないような気持ちだった……とうとう淵へ落ちたというような……！　出た。電車は車坂までしかなかった。二人は池之端《いけのはた》から歩いて帰った。予は友によりかかりながら言い難き悲しみの道を歩くような気持ち。酔ってもいた。

「酒を飲んで泣く人がある。僕は今夜その気持ちが分ったような気持ちがする。」

「ああ！」

「家へ行ったら僕を抱いて寝てくれませんか？」

二人は医科大学の横の暗闇を「青い顔」の話をしながら歩いた。

帰って来て門を叩くとき、予は自分の胸を叩きてイヤな音を聞くような気がした。

二十七日　火曜日

ハッと驚いて眼をさますと枕元におキヨが立っていた。泣きたいくらい眠いのを我慢してはね起きた。

曇った日。

昨夜のことがつまびらかに思い出された。予がおエンという女と寝たのも事実だ。その時何の愉快をも感じなかったのも事実だ。再び予があの部屋に入って行った時、タマちゃんの頬に微かに紅《くれない》を潮《ちょう》していたのも事実だ。そして金田一君が帰りの道すがら、ついにあの女と寝ず、ただ生まれて初めて女とkissしただけだと言ったのも事実だ。その道すがら、予は非常に酔ったようなふりをして、襲い来る恐ろしい悲しみから逃げていたのも事実ならば、その心の底のなるべく手を触れずにそっとしておきたかった悲しみが、3円の金を空しく使ったということであったのも事実だ。

そして今朝予は、今後決して女のために金と時間とを費やすまいと思った。つまり仮面だ。

社に行っても4時頃まで予は何となく不安を感じていた。それは来月分の25円を前借しようしようと思って、下まで行きながら言い出しかねていたからだ。4時には社の金庫が閉まる。カン、カン……と頭の上の時計が4時を打った時、予はホッと息をついて安心した。

原稿紙をのべて心を鎮めていると窓ガラスにチラリと赤い影が写った。と同時に半鐘の音。8時頃であった。窓から真向かいの小石川に火事が起こったのだ。火は勢いよく燃え、どことなく町の底が騒がしくなった。火！　予は近頃にない快いものを見るように窓を開け放して眺めた。

9時半頃電話口へ呼び出された。相手は金田一君。中島君等と日本橋の松花亭という料理屋に来ているが、来ないかという。早速出かけた。

40分も電車に揺られて目指す家に行くと、男四人に若い芸者一人、鼻の内山が柄にない声を出して新内《しんない》か何かを歌っていた。

一時間ばかり経ってそこを出、金田一君と二人電車に乗って帰ってきた。

二十八日　水曜日

崖下の家では幟《のぼり》を立てた。若葉の風が風車を廻し、鯉と吹き流しを葉桜の上に泳がせている。

早く起きて、麻布《あざぶ》霞町に佐藤氏を訪ね、来月分の月給前借のことを頼んだ。今月はダメだから来月のはじめまで待ってくれとのことであった。電車の往復、どこもかしこも若葉の色が眼を射る。夏だ！

社に行って何の変わったことなし。昨夜最後の一円を不意の宴会に使ってしまって、今日はまた財布の中にひしゃげた五厘銅貨が一枚。明日の電車賃もない。

二十九日　木曜日

休むことにした。そして小説「底」を書き始めた。12時過ぎても出かけないので金田一君が来た。

「あなた、電車賃がなくってお出かけにならないのじゃありませんか？」

「いいえ、それもそうですが……許して下さい。今日はバカに興《きょう》が湧いてきたんです。」

「そうですか！　そんならせっかく。」

こう言って友は出て行った。

午後2時間ばかり佐藤衣川《さとういせん》[37]に邪魔せられたほか、予は休みなくペンを動かした。

そして夜は金田一君の部屋で送った。

三十日　金曜日

今日は社に行っても煙草代が払えぬ。前借は明日にならなくてはダメだ。家にいると晦日だから下からの談判が怖い。どうしようかと迷った末、やはり休むことにした。

37　佐藤衣川。本名巌。釧路新聞社時代の同僚記者。小説「病院の窓」の主人公のモデルである。

「底」を第3回まで書いた。

この頃スミちゃんという背の低い女の子が来た。年は17だというが、体は14ぐらいにしか見えぬ。この女が昨夜ちょっと家へ行って母親に叱られ、兄に何とか言われて飛び出し、死ぬつもりで品川の海岸まで行ったが、とうとう死なずに一人帰って来たという。ここまで来た時は3時半頃だったという。

恐ろしい意志の強い、こましゃくれた、そのくせ可愛い女だ。「おキヨさんは可愛い娘《こ》ね」と自分より年上の女中のことを言う。「それ何だっけ——おツネさんか！　あの人の顔はこんな風だわね。」とヒョットコの真似をしてみせる。

夜になると果たして催促が来た。明日の晩まで待たせることにする。

9時頃金田一君が2円50銭貸してくれた。そのときから興が去った。寝て、枕の上で、二葉亭訳のツルゲーネフの『ルーヂン』を読む。

深い感慨を抱いて眠った。

五月

東京

一日　土曜日

昨日は一日、糠《ぬか》のような雨が降っていたが、今日はきれいに晴れて、久しぶりに富士を眺めた。北の風で少し寒い。

午前は『ルーヂン、浮草』を読んで暮らした。ああ！　ルーヂン！　ルーヂンの性格について考えることは、即ち予自身がこの世に何も起こし得ぬ男であるということを証明することである

……………

社に行くと佐藤氏は休み。加藤校正長は何でかむくんだような顔をしていた。わざと昨日休んだ言い訳を言わずに、予も黙っていてやった。

前借は首尾よく言って25円借りた。今月はこれでもう取る所がない。先月の煙草代160銭を払った。

6時半に社を出た。午前に並木君が来て例の時計の話があったので、その25円の金をどう処分すればいいか――時計を請けると宿にやるのが足らなくなり、宿に20円やれば時計はダメだ――この瑣末《さまつ》な問題が頭いっぱいにはだかって容易に結末がつかない。実際この瑣末な問題は死のうか死ぬまいかということを決するよりも予の頭に困難を感じさせた。とにかくこれを決めなければ

ば家へ帰れない。

尾張町から電車に乗った。それは浅草行きであった。

「お乗換は?」

「なし。」

こう答えて予は「また行くのか?」と自分に言った。

雷門で降りて、そこの牛屋《ぎゅうや》へ上がって夕飯を食った。それから活動写真へ入ったが、ちっとも面白くない。『スバル短歌号』を雑誌屋買《(ママ)》った。

「行くな! 行くな!」と思いながら足は千束町《せんぞく》へ向かった。常陸《ひたち》屋の前をそっと過ぎて、金華亭という新しい角の家の前へ行くと、白い手が格子の間から出て予の袖を捕えた。フラフラとして入った。

ああ! その女は! 名はハナ子。年は17。一目見て予はすぐそう思った。

「ああ! 小奴だ! 小奴を二つ三つ若くした顔だ!」

程なくして予は、お菓子売りのうす汚い婆さんとともに、そこを出た。そして方々引っ張り廻されての挙句、千束小学校の裏手の高い煉瓦塀の下へ出た。細い小路の両側は戸を閉めた裏長屋で、人通りは忘れてしまったように無い。月が照っている。

「浮世小路の奥へ来た!」と予は思った。

「ここに待ってて下さい。私は今戸を開けてくるから、」と婆さんが言った。何だかキョロキョロしている。巡査を恐れているのだ。

死んだような一棟の長屋の、とっつきの家の戸を静かに開けて、婆さんは少し戻って来て予を月影に小手招ぎした。

婆さんは予をその気味悪い家の中へ入れると、「私はそこいらで張り番していますから。」と言って出て行った。

ハナ子は予よりも先に来ていて、予が上がるや否や、いきなり予に抱きついた。

狭い、汚い家だ。よくも見なかったが、壁は黒く、畳は腐れて、屋根裏が見えた。そのみすぼらしい有様を、長火鉢の猫板の上に乗っている豆ランプがおぼつかなげに照らしていた。古い時計がものうげに鳴っている。

煤《すす》びた隔ての障子の陰の、2畳ばかりの狭い部屋に入ると、床が敷いてあった――少し笑っても障子がカタカタ鳴って動く。

微かな明りにジッと女の顔を見ると、丸い、白い、小奴そのままの顔がうす暗い中にポーッと浮かんで見える。予は眼も細くなるほどうっとりとした心地になってしまった。

「小奴に似た、実に似た！」と、幾度《いくたび》か同じことばかり予の心はささやいた。

「ああ！　こんなに髪がこわれた。イヤよ、そんなにわたしの顔ばかり見ちゃ！」と女は言った。

若い女の肌はとろけるばかり温かい。隣室の時計はカタッカタッと鳴っている。

「もう疲れて?」

婆さんが静かに家に入った音がして、それなり音がしない。

「婆さんはどうした?」

「台所にかがんでるわ。きっと。」

「可哀想だね。」

「かまわないわ。」

「だって可哀想だ!」

「そりゃ可哀想には可哀想よ。本当の独り者なんですもの。」

「お前も年をとるとああなる。」

「イヤ、わたし!」

そしてしばらく経つと、女はまた、「いやよ、そんなにあたしの顔ばかり見ちゃ。」

「よく似てる」

「どなたに?」

「俺の妹に。」

「ま、うれしい！」と言ってハナ子は予の胸に顔を埋めた。

不思議な晩であった。予は今まで幾度か女と寝た。しかしながら予の心はいつも何ものかに追っ立てられているようで、イライラしていた、自分で自分をあざ笑っていた。今夜のように眼も細くなるようなうっとりとした、縹渺とした気持ちのしたことはない。予は何ごとをも考えなかった。ただうっとりとして、女の肌の温かさに自分の体まであったまってくるように覚えた。そしてまた、近ごろはいたずらに不愉快の感を残すに過ぎぬ交接が、この晩は2度とも快くのみ過ぎた。そして予は後までも何の厭な気持ちを残さなかった。

1時間経った。夢の1時間が経った。予も女も起きて煙草を喫《す》った。

「ね、ここから出て左へ曲って二つ目の横町の所で待ってらっしゃい！」と女はささやいた。しんとした浮世小路の奥、月影水のごとき水道のわきに立っていると、やがて女が小路の薄暗い片側を下駄の音かろく駆けて来た。二人は並んで歩いた。時々そばへ寄って来ては、「ほんとにまたいらっしゃい、ね！」

宿に帰ったのは12時であった。不思議に予は何の後悔の念をも起さなかった。「縹渺たる気持ち」がしていた。

火もなく、床も敷いてない。そのまま寝てしまった。

column

――淫売婦――

「ローマ字日記」の中で最も衝撃的なのは四月十日の記事だろう。この日の記述の中には重要なものが多く含まれているが、中でも、苦しい現実から逃れるために「みだらな声に満ちた、狭い、汚い町に行った」ことを告白する部分は看過できない。

啄木はその町へ「去年の秋から今までに、およそ13―4回も行った、そして十人ばかりの淫売婦を買った」と告白している。そこは浅草凌雲閣の北、千束町にあって、華やかな吉原とは異なり、安い淫売宿がひしめく悪所であった。啄木が初めて足を踏み入れたのは明治四十一年八月二十一日で、金田一京助とともにキネオラマを観た帰りのことである。その場所――塔下苑（啄木と金田一が付けた名称）――で見たものは、「その刺戟を欲する心に終始した」、「昨夜歩いた境地――生まれて初めて見た境地――の事が、終始胸に往来した」と翌日の日記に書きとめるほど「可成強烈な刺戟」を啄木に与えたようだ。

この塔下苑の女たちの名が日記に現れ始めるのは十一月一日が最初である。「O-Mitsu-san」と記されたそれは、漢字仮名交じり文で書かれた記事の中で異彩を放っているが、恐らくこの日、初めて啄木は買春を経験したと考えられる。七日、再び「Hitachiya, Masako」「Tatsumi ya, Mine」とローマ字で記された屋号と名前が千束町の住所と共に書きつけられ、十日にも「Kiyoko」「Masako」が登場する。それらが、「ローマ字日記」の中に書かれた「10人ばかりの、淫売婦」である「ミツ、マサ、キヨ、ミネ、ツユ、ハナ、アキ……」の中の女性に該当するのは間違いない。

塔下苑にはじめて行った時、啄木は結婚した一般女性と淫売婦は、男に身を任せて生活しているという点では同じだという考え方を示している。両者の違いは相手の男が一人か誰と限らず男全体かだけであるのに、淫売婦のみを蔑むような社会道徳は不合理だとする啄木の考え方は、当時の結婚制度の根底に潜むからくりを突いており進歩的だ。にもかかわらず、「ローマ字日記」の中で見せる淫売婦マサに対する啄木の記述はあまりに容赦がない。

心の中のイライラが解消しない啄木は、「ただ排泄作用の行われるばかり」と思われるような彼女の体に己の苛立ちをぶつけ手荒く扱う。そしてその体を裂き、血だらけの死体になって闇の中に横たわっているのを見たいとすら思う。直後に「なんという、恐ろしい、嫌なことだろう！」と否定する記述はあるが、一瞬たりとも心によぎったこの残酷な幻想には、啄木の抱える内面の暗闇が現れていると言ってよい。

一方、ハナ子という淫売婦に対しては、啄木は「縹渺たる気持ち」を感じるほどの満足を得る。ハナ子とて、マサと同じように「何百人、何千人の男と寝た」、「男というものには慣れきっている、何の刺激も感じない。わずかの金をとってその陰部をちょっと男に貸すだけ」の淫売婦であることに変わりはないのだが。

マサとハナ子の違いからは、淫売婦に自分の抱くファンタジーを投影できる存在であることを啄木が求めていることがわかる。啄木がハナ子を気に入ったのは、一目見て、彼女の顔が釧路滞在時の恋人といってもよい馴染の芸者小奴に似ていると思ったからだ。懐かしい小奴の面影は、月給二十五円をもらい釧路新聞社で編集長格の活躍をしていた思い出をも引き寄せる。ハナ子は、現在と比べ精神的にも経済的にも格段に良い状態であった自分をイメージさせてくれる存在だったのである。

おエンという女を買った日の日記には「暗い淵へ落ちて行くまいとして病める鳥の羽ばたきするようにもがいていた」という一節がある。「暗い淵」とは、啄木の精神状態を指す。「塔下苑」で最初に買春を経験した時の啄木には興味や性欲が優先していたかもしれないが、今や啄木は暗い精神のどん底へ落ちて行かないために淫売婦を求める。けれども、マサの身体には啄木の恐れる暗闇を忘れさせてくれるファンタジーを映し出すことはできなかった。かえって目の前にさらけ出されたのは、淫売婦が生きてきた過酷な現実であったのだ。マサの身体に刻印されている暗い現実、それは、啄木が最も忘れたい「弱者」である現実にスライドしていく。啄木の手や足が引き裂いた血だらけのマサの死体、それは自らに向けた破壊衝動——自殺のイメージであり、マサの死体は啄木自身の死体の代替ではなかったろうか。けれども、マサに対する蔑むような描写から、啄木がこのことに気付いていたとはいえない。手荒く扱われて「うれしい！」と言ったマサの抱える暗闇に気付くほどの余裕はこの時の啄木にはなかった。

二日　日曜日

おタケが来て起した。「あのね、石川さん、旦那が今お出かけになるところで、どうでしょうか、聞いて来いって！」

「あーあ、そうだ。昨夜《ゆうべ》はあんまり遅かったからそのまま寝た。」と言いながら、予は眠い眼をこすりながら財布を出して20円だけやった。「後はまた十日頃までに。」

「そうですか！」とおタケは冷やかな、しかし賢そうな眼をして言った。「そんならあなたそのことをご自分で帳場におっしゃってくださいませんか？　私どもはただもう叱られてばかりいますから、」

予はそのまま寝返りを打ってしまった。「あーあ、昨夜は面白かった！」

9時頃であった。小さい女中が来て、「岩本さんという方がおいでになりました、」と言う。岩本！　はてな？

起きて床を上げて、呼び入れると果たしてそれは渋民の役場の助役の息子——実君であった。宿を同しくしたという徳島県生まれの一青年を連れて来た。

実君は横浜にいるおばさんを頼って来たのだが、二週間置いてもらった後、国までの旅費をくれて、出されたのだという。それで、国へは帰りたくなく、是非東京で何か職に就くつもりで3日前に神田のとある宿屋についたが、今日まで予の住所が知れぬので苦心したという。もう一人の清水という方は、これもやはり家と喧嘩して飛び出して来たとのこと。

夏の虫は火に迷って飛び込んで死ぬ。この人達も都会というものに幻惑されて何も知らずに飛び込んで来た人達だ。やがて焼け死ぬか、逃げ出すか。二つに一つは免《まぬか》れまい。予は異様なる悲しみを覚えた。

予はその無謀について何の忠告もせず、「焦るな、のんきになれ」ということを繰り返して言った。この人達の前途にはきっと自殺したくなる時期が来ると思ったからだ。実君は2、30銭《(ママ)》。清水は1円80銭しか持っていなかった。

清水君と予とは何の関係もない。二人一緒にでは今後実君を救うとき困るかも知れぬ。しかし予はその正直らしい顔の心細げな表情を見てはこのまま別れさせるには忍びなかった。

「宿屋《やどや》の方はどうしてあるんです？　いつでも出られますか？」

「出られます。昨夜《ゆうべ》払ってしまったんです……今日は是非どうかするつもりだったんです。」

「それじゃあとにかくどっか下宿を探さなくてはならん。」

10時半頃予は二人を連れて出かけた。そして方々探した上で、弓町二ノ八　豊嶋館という下宿を見つけ、6畳一間に二人、8円50銭ずつの約束を決め、手附として予は1円だけ女将に渡した。

それから例の天ぷら屋へ行って3人で飯を食い、予は社を休むことにして、清水を宿へ荷物を取りにやり、予は実君を連れて新橋の station まで、そこに預けてあるという荷物を受け取りに行った。二人が引き返して来た時は清水はもう来ていた。予は3時ごろ迄そこでいろいろ話をして帰って来た。予の財布は空《から》になった。

今日予が実君から聞かされた渋民の話は予にとっては耐え難きまでいろいろの記憶を呼び起させるものであった。小学校では和久井校長と金矢の信子さんとの間に妙な関係が出来、職員室でヤキモチ喧嘩をしたこともあるという。そして去年やめてしまった信子さんは、どうやら腹が大きくなっていて、近ごろは少し気が変だという噂もあるとか！　ヌマタキヨタミ氏は家宅侵入罪で処刑を受け、3カ年の刑の執行猶予を得てるという。そのほかの人達の噂、一つとして予の心をときめかせぬものはなかった――我が「蛍の女」イソ子も今は医者の弟の妻になって弘前にいるという。

予の小説鳥影[38]はまた案外故郷の人に知られているとのことだ。

夜、予は岩本の父に手紙を書こうとした。何故か書けなかった。札幌の智恵子さんに書こうとしたがそれも書けず、窓を開くと柔らかな夜風が熱した頬を撫でて、カーブにきしる電車の響きの底から故郷《ふるさと》のことが眼に浮んだ。

三日　月曜日
社には病気届をやって、一日寝て暮らした。おタケの奴バカに虐待する。今日は一日火も持って来ない。スミちゃんがチョイチョイ来ては罪のないことをしゃべって行く。それをラクちゃんの奴め、胡散臭そうな目をして見て行く。
いやな日！　絶望した人のように、疲れきった人のように、重い頭を枕にのせて……客は皆断らせた。

四日　火曜日
今日も休む。今日は一日ペンを握っていた。「鎖門一日」を書いてやめ、「追想」を書いてやめ、「面白い男？」を書いてやめ、「少年時の追想」を書いてやめた。それだけ予の頭が動揺していた。遂に予はペンを投げ出した。そして早く寝た。眠れなかったのは無論である。
夕方であった、並木が来たっけ。それから岩本と清水がちょっと来て行った。やっぱり予はの

38　明治四十一年十一月一日から十二月三十一日まで五十九回にわたり啄木が東京毎日新聞に連載した小説。『明星』同人の栗原古城の紹介による。

んきなことばかり並べてやった。

column

――小説と格闘する――

「私は小説を書きたかつた。否、書くつもりであつた。又実際書いてもみた。さうして遂に書けなかつた」。啄木は明治四十二年十二月、「弓町より（食ふべき詩）」の中でこのように自分を総括した。「ローマ字日記」の筆を置いてから約半年後のことである。

啄木が小説を志したのは明治三十九年夏頃で、ちょうど自然主義が一大旋風となって吹き荒れ始める時期に重なる。啄木は渋民村で代用教員を続ける傍ら「雲は天才である」、「面影」、「葬列」と小説を手がけていくが、それらは構成上の問題点や主題の分裂といった綻びが多く見られ、いまだ習作の域を出ない程度のものであった。渋民村を追われ函館に渡ってからは、代用教員や新聞社に勤める一方で地元の同人誌に「漂泊」を発表するものの、函館大火のために同人誌が廃刊され未完のままに終わった。その後は職を求めながら北海道の土地を転々とし、とうとう釧路にまで流れていく。その間の日記の中には、「牛乳罎」という短編小説に着手したことが一度だけ記されている。それは東京で発行されている新年号の雑誌を数種読み、「東京に行きたい、無暗に東京に行きたい。怎せ貧乏するにも北海道まで来て貧乏してるよりは東京で貧乏した方がよい。東京だ、東京だ、東京に限ると滅茶苦茶に考へる」「東京病」が起こった明治四十一年の年明けであった。釧路では新聞記者として八面六臂の活躍を見せながら、啄木は日記にこう綴った――「夢が結べぬ」と。

改めて考えれば手掛けた小説はわずか数編であり、しかも客観的な評価を得ているわけでもない。それなのに東京で小説を書いて一家を養おうなどというのは、あきらかに無謀な計画であったといってよいだろう。啄木にとって上京することの最大の目的は、一家の生活を立て直す活路を切り開くことではなく、まず自分自身の〈夢〉の実現のためなのだった。

このような啄木を支えていたのは情熱だけである。上京後の五月から六月にかけては立て続けに「病院の窓」、「母」、「天鵞絨」、「二筋の血」と四作の小説を脱稿しているが、思うような評価や報酬を得られない日々を送るうちに、だんだんと啄木は書けなくなっていった。手がけた小説はことごとく中途で終わってしまい、とうとう九月末には「小説をかき初めようと思つたが書けなかつた」、「ペンを取つても何も書けず」という状態に陥る。秋になって東京毎日新聞に小説の連載が決まってからは再び創作意欲が盛り返してきたものの、連載が十二月で終了すると、以前と同様、アイディアを思いついては書き始めても途中で筆が止まってしまうようになった。

「ローマ字日記」以前には、日記に残されているだけでも「菊池君」、「朝」、「刑余の叔父」、「その人々」、「夏草」、「札幌」、「静子の悲」、「青池君」、「塵の悲み」、「哄笑」、「連想」、「東縛」、「古外套」、「足跡」（『スバル』にその一のみ発表、未完）、「樗牛死後」、「眠れる女」、「寝顔」、「島田君の書簡」と多くの中途で終わった小説原稿がある。「ローマ字日記」執筆時約二カ月間には、「木馬」、「赤墨汁」、「坂牛君の手紙」、「底」、「追想」、「鎖門一日」、「面白い男」、「少年時の追想」、「牛を見つつ」、「宿屋」、「一握の砂」、「札幌」と書き終えることのなかった小説の残骸は更に増えた。しかも、かつては何十枚か書いた原稿を途中でやめることもあったのだが、「ローマ字日記」の頃はほとんどがわずか数枚で放り出されているのである。書き継がれることのなかったこれらの原稿のタイトルを羅列していくと、啄木の焦る気持ちが手に取るようにわかる。「なぜ書けぬか？　予はとうてい予自身を客観することができないのだ」という啄木の自己分析は、〈自己告白〉、〈現実暴露〉を主とした自然主義の傾向に合わせられないと考えていたことをうかがわせるが、小説を書きあげるのを妨げていたのは何より焦燥感ではなかったか。

啄木は「ローマ字日記」以降、「葉書」、「道」、「我等の一団と彼」の三作の小説を書きあげている。「葉書」はステレオタイプの女性像から逸脱する女性の新しさを、「道」は老人と若者の間に横たわる溝を、「我等の一団と彼」は新しい時代思想を持ちながら閉塞感を抱える人物を描いた。彼はこれらの小説を、上京してきた家族の生活を支えなくてはならない日常の中で、仕事のかたわら少しずつ書きすすめ、そして完成させた。無論、物事の捉え方や表現、描写の方法においても、進歩があったからこそ成し得た結果であるのはいうまでもない。けれども、この三つの完成された小説を思う時、短期決戦で〈夢〉の実現を図らねばならないがために生じる焦燥感こそが最大の障害であったと思わざるを得ないのである。

なぜ啄木は焦ったのか。当時、確固たる展望もないままに若者が夢を追い求めて東京にやってくることは珍しくなかったろう。しかし、彼には養うべき家族がいた。啄木の上京目的の第一義は〈夢〉の実現のためだが、その夢には金銭で換算される現実的な結果が常に求められたのである。かつて天才詩人と呼ばれた才能に恃む奢りはあったにせよ、小説と格闘した啄木の軌跡からは、〈夢〉を追い〈夢〉を叶えるにも経済的基盤が不可欠なのだという現実の厳しさを実感させられるのである。

五日　水曜日

今日も休む。

書いて、書いて、とうとうまとめかねて、「手を見つつ」という散文を一つ書き上げたのが、もう夕方。前橋の麗藻社《れいそうしゃ》へ送る。

六日　木曜日

今日も休む。昨日今日せっかくの靖国神社の祭典を日もすがらの雨。

朝、岩本、清水の二人に起こされた。何となく沈んだ顔をしている。

「このままではどうもならない！　どうかしなければならぬ！」と予は考えた。「そうだ！　あと一週間ぐらい社を休むことにして、大いに書こう。それにはここではいけない。岩本の宿のあき間に行って、朝っから晩まで書こう。夜に帰って来て寝よう。」

そして金ができたら3人でとりあえず、自炊しようと考えた。金田一君にも話して同意を得た。

原稿紙とインクを持って早速弓町へ行った。しかしこの日は何にも書けず、二人からいろいろの話を聞いた。聞けば聞くほど可愛くなった。二人は一つ布団に寝、二分芯のランプを灯して、その行く末を語り合っているのだ。

清水茂八というのも正直な、そしてなかなかしっかりしたところのある男だ。2年ばかり朝鮮京城の兄の店に行っていたのを、是非勉強しようと思って逃げて来たのだという。

予は頭の底にうずまいているいろいろの考えごとを無理に押さえつけておいて、二人の話を聞いた。清水は朝鮮の話をする。予はいつしかそれを熱心になって聞いて、「旅費がいくらかかる？」などと問うてみていた。哀れ！

夜8時頃帰って来、ちょっと金田一君の部屋で話して帰って寝た。

今日書こうと思い立ったのは、予が現在に於いてとり得るただ一つの道だ。そう考えると悲しくなった。今月の月給は前借してある。どこからも金の入《はい》りようがない。そして来月は家族が来る………予は今、底にいる――底！　ここで死ぬかここから上がって行くか。二つに一つだ。そして予はこの二人の青年を救わねばならぬ！

七日　金曜日

7時頃に起してもらって、9時には弓町へ行った。そして本を古本屋へ預けて80銭を得、5分芯のラムプと将棋と煙草を買った。桔梗屋《ききょうや》の娘！

話ばかり栄え、それに天気がよくないので、筆は進まなかった。それでも「宿屋」を10枚ばかり、それから「一握の砂」というのを別に書き出した。とにかく今日は無駄には過ごさなかった。夜9時ごろ帰った。桔梗屋の娘！

岩本の父から手紙。何分《なにぶん》頼むとのこと。それから釧路の坪仁子のなつかしい手紙、平山良子の葉書、佐藤衣川の葉書などが来ていた。

八日　土曜日――十三日　木曜日

この6日間予は何をしたか？　このことは遂にいくら焦っても現在をぶち壊すことの出来ぬを証明したに過ぎぬ。

弓町に行ったのは、前後3日である。二人の少年を相手にしながら書いてはみたが、思うようにペンが捗らぬ。10日からは行くのをやめて家で書いた。「一握の砂」はやめてしまって「札幌」というのを書き出したが50枚ばかりでまだまとまらぬ。

社のほうは病気のことにして休んでいる。加藤氏から出るように行って来たのにも腹が悪いという手紙をやった。そして、昨日、弓町へ行くと二人は下宿料の催促に弱っているので、岩本を使いにやって加藤氏に佐藤氏から5円借りてもらい、それを下宿へ払ってやった。北原[39]から贈られた『邪宗門』も売ってしまった。

清水にはいろいろ苦言して予からその兄なる人に直接手紙をやり、本人には何でも構わず口を求める決心をさせた。岩本の方は平出の留守宅へ書生に周旋方《しゅうせんかた》を頼んでおいた。

限りなき絶望の闇が時々予の眼を暗くした。死のうという考えだけはなるべく寄せ付けぬようにした。ある晩、どうすればいいのか、急に眼の前が真っ暗になった。社に出たところで仕様がなく、社を休んでいたところでどうもならぬ。予は金田一君から借りて来てる剃刀で胸に傷をつけ、それを口実に社を1カ月も休んで、そして自分の一切をよく考えようと思った。そして左の乳《ち》の下を斬ろうと思ったが、痛くて斬れぬ。微かな傷が二つか三つ付いた。金田一君は驚いて剃刀を取り上げ、無理矢理に予を引っ張って、インバネスを質に入れ、例の天ぷら屋に行った。飲んだ。笑った。そして12時ごろに帰って来たが、頭は重かった。明りを消しさえすれば目の前に恐ろしいものがいるような気がした。

母からいたましい仮名の手紙がまた来た。先月送ってやった1円の礼が言ってある。京子に夏帽子をかぶせたいから都合よかったら金を送ってくれと言ってきた。

このまま東京を逃げ出そうと思ったこともあった。田舎へ行って養蚕《ようさん》でもやりたいと思ったこともあった。

梅雨近い陰気な雨が降り続いた。気の腐《くさ》る幾日《いくじつ》を、予は遂に1篇も脱稿しなかった。友人には誰にも会わなかった。予はもう彼らに用がない。彼らもまた予の短歌号の歌をよんで怒ってるだろう。

渋民のことが、時々考えられた。

あんなにひどく心を動かしたくせに、まだ妹にハガキもやってない。岩本の父にはハガキだけ。家にのやらぬ《(ママ)》。そして橘智恵子さんにもやらぬ。やろうと思ったが何も書くことがなかった！

今夜は金田一君の部屋へ行って女の話が出た。頭が散っていて何も書けぬ。帰って来て矢野龍渓の「不必要」を読んで寝ることにした。時善と純善！　その純善なるのも畢竟何だ？

予は今予の心に何の自信なく、何の目的もなく、朝から晩まで動揺と不安に追っ立てられていることを知っている。何の決まったところがない。この先どうなるのか？

当てはまらぬ、無用な鍵！　それだ！　どこへ持って行っても予のうまく当てはまる穴がみつからない！

煙草に飢えた。

39　北原白秋（一八八五〜一九四二）。詩人、歌人。『明星』で活躍するものの明治四十年新詩社を脱退。パンの会の中心人物である。啄木にとっては友人であると同時にライバルとして意識する相手でもあった。（コラム「『ローマ字日記』をはじめるまで」参照）

column

――自殺願望――

自殺願望を抱く人間の中には、自殺という手段を決して取らない者もいる。けれどもたとえ自殺を実行しなくとも、自らの死を考えると気持ちが落ち着く、心が癒されるというのでは、やはり健康な状態にいるとは言えないだろう。自殺に関する記述は明治四十一年四月の上京から二ヵ月目の日記に早くも登場する。それは小説を書くのだという希望一つを心の支えにして上京してきた啄木が、わずか二ヵ月間のうちに、小説で生活を成り立たせることの難しさに気付いていた証である。なぜなら啄木が自分の死について記述する時、その多くは金銭の問題が絡んでいるからである。

六月二十七日、長谷川天渓から原稿料が払えないという連絡を受けた啄木は、上京後初めて日記に「噫、死なうか、田舎にかくれようか、はたまたモット苦闘をつづけようか」と書き記す。そこに至るまでには、春陽堂が買い取った「病院の窓」の原稿料について、手紙や訪問など幾度も交渉しながら結局は未払いにされ（この稿料は翌年二月八日に支払われた）、六月半ばになってようやく金田一京助が工面してくれた金で先月分の下宿料を払い終えたという経緯があった。一度〈死〉という言葉を使ったことで心のブレーキが解除されたのか、それ以降の日記には頻繁に死に関する記事が現れるようになり、翌七月の日記では実に七日分も自殺に関する記述が残っている。

けれども、啄木は「〝死〟といふ問題を余り心で弄びすぎる」（七月二〇日）と自覚していた。「悲哀とか、苦痛とか、自分らはそれを詩化し、弄ぶくせがあつて、悲哀の底苦痛の底にある〝真面目〟といふものに面相接する事が出来ぬ」、「死なうと許り考えてゐるが、然しながら、それでもまだ真に真に真面目に触れてゐない様な気がして仕様がない」（七月二十三日）と自己を客観的に分析していた啄木は、決して自殺を実行しなかったのだ。当時の心情を後に啄木は以下のように書いている。

然し私は、どうしても、自分で自分を殺し得ると信ずることが出来なかつた。都合のよい偶然の出来事、又は異常な興奮、又は実際の事情が何人から見ても死ぬ外に切抜ける途がないといふ破目に立到らない限り、私が自殺し得る男とは思へなかつた。過去の経験が何よりも確かに此事を証拠立ててくれた。そして、自ら死に得る人を羨む心が、戯曲的の想像を誘うて、時々私を慰めてくれた。

さうしてゐて、私は、自分自身に対する憐愍の情が極度まで推寄せてくる事を禁じ得なかつた。死に得ぬ男と知つてゐても、その「死」を思つてゐる時間、死ぬと覚悟した人の心持で世の中をみてゐる時間だけ、私は、一切の責任とそれに伴ふ苦痛とを、自分から解除してゐる事が出来た。

（「暗い穴のなかへ」）

啄木の思う〈死〉は、ある意味〈詩〉であった。〈死〉という〈詩〉を考えることによって自己を憐れみ、現実から逃避しようとするのはロマンチシズムである。おそらく、啄木が本当に「悲哀の底苦痛の底にある真面目」に接したのは「ローマ字日記」の頃であろう。彼が直面したこの「真面目」とは「弱者」、「無用な鍵」としての自覚であり、誇り高い啄木が、どうしても小説が書けないこと、つまり自身の負けを認めざるを得なくなった事実である。

「ローマ字日記」の中で最後に出てくる死の記事は、五月八日——十三日のカミソリで胸に傷をつけてみた頃のことだが、この当時の状態は精神的にも経済的にも、ロマン主義的な〈死〉を思っていた頃と比べ甚だ深刻である。啄木は「この六日間予は何をしたか？ このことはついにいくらあせっても現在をぶちこわすことのできぬを証明したに過ぎぬ」と日記に書く。小説は捗らず、新聞社は欠勤し、借金して自分を頼る若者の下宿料を肩代わりする。函館の母親からのいたましい手紙。友人関係の疎遠。「何の自信なく、何の目的もなく、朝から晩まで動揺と不安に追つ立てられている」状態の中で、「この先どうなるのか？」と悲嘆しながら、それでもなお啄木は自ら死に得なかった。それが、「ぶちこわすことのできぬ」現在を乗り越えようとする、啄木本来の強さなのであった。

「ローマ字日記」からわずか三年後に啄木は亡くなる。「ぶちこわすことのできぬ」ほど強固に確立されていた天皇主権の日本国家に対して、どう闘いを挑むのか方向性を定めていこうとする矢先のことだ。臨終間際の啄木は安らかな顔ではなかったと最期を看取った若山牧水は回想している。

十四日　金曜日

雨。

佐藤衣川に起された。5人の家族をもって職を探している。

佐藤が帰って清水が来た。日本橋のある酒屋の得意廻りに口があるという。

岩本を呼んで履歴書を書いてくるように言ってやった。

いやな天気だが、何となく心が落ち着いてきた。社を休んでいる苦痛も馴れてしまってさほどでない。その代り頭が散漫になって何も書かなかった。何だかいやに平気になってしまった。

二度ばかり口の中から夥《おびただ》しく血が出た。女中はノボセのせいだろうと言った。

夜は「字音仮名遣便覧[40]」を写した。

渋民村を書こうと思ったが、どうしても興が湧かなかったからそのまま寝てしまった。

十五日　土曜日

9時に岩本に起された。岩本の父から「よろしくたのむ」という手紙が来た。

今日の新聞は長谷川辰之助氏[41]（二葉亭四迷）が、帰朝の途、船の中で死んだという報を伝え、競ってその徳を讃え、この何となく偉い人を惜しんでいる。

この頃は大分寒かったが今日から陽気が直った。雨も晴れた。

何もせずに一日を過ごした。緩み果てた気の底から、遠からず恐ろしいことを決行せねばならぬような感じがチラチラ浮かんでくる。

夜、二人の少年がやって来た。清水は京橋の酒屋へ丁稚に住み込むことに決まって、明日のうちに行くという。

二人が帰って、間もなく、いつか来たっけ小原敏麿という兎みたいな眼をした文士が来た、ウンザリしてしまってロクに返事もしないでいると、何のかんのとつまらぬことをしゃべり散らして10時半頃に帰って行った。

「ものは考えよう一つです。」とその男が言った。「人は50年なり60年なりの寿命を一日、一日減らしていくように思ってますが、僕は一日一日新しい日を足していくのがLifeだと思ってますから、ちっとも苦しくも何とも思わんです。」

40　字音は国語化した漢字の音のこと。仮名表記の時に書き分ける決まりがあった。明治三十七年の第一期国定教科書の『尋常小学読本』では口語文における字音仮名遣いに表音表記を徹底するため「棒引き」が採用されたが、混乱を招き反対の声が多かった。明治四十三年の第二期国定教科書では廃止されている。
41　二葉亭四迷（一八六四～一九〇九）。明治二十年に言文一致で書いた写実主義の小説『浮雲』を発表した。翌年には得意のロシア語でツルゲーネフの「あひびき」を翻訳。後年、朝日新聞社の特派員としてロシアに渡るが、肺結核になり帰国途中の船上で死去。

「つまり、あなたのような人が幸福なんです。あなたのように、そうごまかして安心していける人が………」

11時頃、金田一君の部屋に行って二葉亭氏の死について語った。友は二葉亭氏が文学を嫌い――文士と言われることを嫌いだったというのが解されないと言う。憐れなるこの友には人生の深い憧憬と苦痛とはわからないのだ。予は心に堪えられぬ淋しさを抱いてこの部屋に帰った。遂に、人はその全体を知られることは難《かた》い。要するに人と人との交際はうわべばかりだ。

互いに知り尽していると思う友の、遂にわが底の悩みと苦しみとを知り得ないのだと知った時のやる瀬なさ！　別々だ、一人一人《ひとりびとり》だ！　そう思って予は言い難き悲しみを覚えた。予は二葉亭氏の死ぬ時のこころを想像することができる。

十六日　日曜日

遅く起きた。雨が降りこめてせっかくの日曜が台無し。

金田一君の部屋へ行って、とうとう、説き伏せた。友をして二葉亭を了解せしめた。今日も岩本が来た。

社にも行かず、何もしない。煙草がなかった。つくねんとしてまた田舎行きのことを考えた。

国の新聞を出してみていろいろと地方新聞の編集のことを考えた。

夕方金田一君に現在の予の心を語った。「予は都会生活に適しない。」ということだ。予は真面目に田舎行きのことを語った。

友は泣いてくれた。

田舎！　田舎！　予の骨を埋《うず》むべき所はそこだ。俺は都会の激しい生活に適していない。一生を文学に！　それはできぬ。やってできぬことではないが、要するに文学者の生活などは、空虚なものに過ぎぬ。

十七日　月曜日

午前は凄まじいばかり風が吹いた。休む。午後、岩本がちょっと来て行った。

今日の新聞は二葉亭氏がNihilistであったことや、ある身分卑しい女に関した逸話《えつわ》を掲げていた。

昼飯まで煙草を我慢していたが、とうとう『あこがれ』と他2、3冊を持って郁文堂へ行き、十五銭に売った。「これはいくらなんだ?」と予は『あこがれ』を指した。

「五銭――ですね。」と肺病患者らしい本屋の主人《あるじ》が言った。ハ、ハ、ハ、……

今日も予は田舎のことを考えた。そしてそれだけのことに日を送った。「如何にして田舎の新聞を経営すべきか？　又、編集すべきか？」それだ！

この境遇にいるこの予が一日何もせずに、こんなことを考えて暮らしたということは！

夜、枕の上で『新小説[42]』を読んで少しく思い当たることがあった。

「National life！」それだ。

三十一日　月曜日

二週間の間、ほとんどなすこともなく過した。社を休んでいた。

清水の兄から手紙は来たが、金は送って来ない。

岩本の父から二、三度手紙。

釧路なる小奴からも手紙が来た。

予はどこへも——函館へも——手紙を出さなかった。

『岩手日報[43]』へ「胃弱通信」五回ほど書いてやった。それは盛岡人の眠りをさますのが目的であった。反響は現れた。『日報』は「盛岡繁栄策」を出し始めた。

死刑を待つような気持ち！　そう予は言った。そして毎日独逸語をやった。別に、いろいろ工夫して、地方新聞の雛形を作ってみた。実際、地方の新聞へ行くのが一番いいように思われた。

無論そのためには文学を棄ててしまうのだ。

一度、洋画家の山本鼎君が来た。写真通信社の話。


晦日《みそか》は来た。

黙って家にもおられぬので、午前に出かけて羽織——ただ一枚の——を質に入れて70銭をこしらえ、午後、何のアテもなく上野から田端《たばた》まで汽車に乗った。ただ汽車に乗りたかったのだ。田端で畑の中の知らぬ道をうろついて土の香を飽かず吸った。

帰って来て宿へ申しわけ。

この夜、金田一君の顔の憐れに見えたったらなかった。

42　明治二十二年創刊の文芸雑誌。昭和二年廃刊。夏目漱石「草枕」や田山花袋の「蒲団」を掲載するなど、注目される作家や話題となる小説を掲載した。啄木の小説が掲載されたのは明治四十三年四月の「道」である。
43　盛岡に本社のある岩手日報社の発行する日刊新聞。明治三十四年の短歌の掲載以降、啄木は評論など多数寄稿した。明治四十二年の秋には「百回通信」を二十八回にわたって掲載している。

六月

東京

一日　火曜日

午後、岩本に手紙を持たしてやって、社から今月分25円を前借りした。但し5円は佐藤氏に払ったので手取り20円。

岩本の宿に行って、清水と二人分先月分の下宿料（6円だけ入れてあった）13円ばかり払い、それから、二人で浅草に行き、活動写真を見てから西洋料理を食った。そして小遣い1円くれて岩本に別れた。

それから何とかいう若い子供らしい女と寝た。その次にはいつか行って寝た小奴に似た女――ハナ――のとこへ行き、変な家へお婆さんと行った。お婆さんはもう69だとか言った。やがてハナが来た。寝た。なぜかこの女と寝ると楽しい。

10時頃帰った。雑誌を5、6冊買ってきた。残るところ40銭。

column

浪費

啄木の金銭感覚は一体どうなっているのだろうか。「ローマ字日記」を読んで驚くことの一つに、経済的にかなり困っている啄木の浪費傾向があげられるはずだ。とにかく懐に入った現金はあっという間に消えてゆく。これでは生活もままならないだろうと誰しも思うほどである。例えば六月一日。新聞社から当月二十五日に支払われる月給を全額前借した啄木は、その日のうちに二十四円六〇銭を使い切ってしまう。借金の返済五円は仕方ないとしても、啄木を頼って訪問してきた青年たちの下宿代を肩代わりして十三円を支払い、青年の一人岩本実を伴って活動写真と西洋料理を楽しみ、さらに一円の小遣いを与える。岩本と別れてから、啄木は二人の淫売婦を買っている。最後に雑誌五、六冊を購入して、財布に残っているのは四十銭という有様なのである。

「ローマ字日記」には四月から六月にかけて三回月給を貰う記事がある（内二回は前借である）が、まとまったお金が入った時の啄木の使いっぷりは極端だ。三回とも外食、活動写真、買春の三つの遊興費が必ず入る。仕事に行く電車賃やたばこ代にも事欠く生活なのだから、ここで贅沢をせず、日々の生活をもっと楽にしようという常識的な判断とその実践は、この時期の啄木には無縁だった。もちろん、普段はしたいこと、食べたいものや欲しいものを我慢しているので、その反動であると考えることもできる。だが啄木にとって、このような浪費はむしろ必然であったと思われてならない。なぜなら、啄木は散財した日にそれを後悔するような言葉を書き記していないからである。唯一、四月二十七日に買春のためにかかった三円を「むなしく使った」と述べている程度なのだ。

おそらく、生活に目的があり満足している人間ほど金銭的に堅実なのではないだろうか。目的があれば、そのために貯蓄にも張り合いが生じるし、生活に満足していれば、その生活を維持するためにお金を有効に使おうとするだろう。昨今では様々な依存症が精神の病として取り上げられるが、その中の一つに買い物依存がある。これは日常生活に困る程のお金を買い物につぎ込むことによって、一時的に自分を満足させようとする心因性の病であるが、啄木の様子はこれにどことなく似ている。

啄木の金遣いの荒さに対しては、お寺の子として生まれ育ったという環境に要因を求めたり、単なる浪費癖とするという見方がされやすいが、それはむしろ啄木の心理状態の危うさに比例しているのかもしれない。かつて啄木はこれほど激しい浪費をしてはいなかったが、東京朝日新聞社に採用が決まったことで家族が上京をほのめかすようになった三月以降、ヒートアップしたように見受けられる。六月一日のあの極端な浪費にしても、函館からの家族の上京が目前であったのだ。言いかえれば、啄木が家族とともに暮らす生活に戻ることに、どれほどのプレッシャーを感じていたかをこの日の浪費は教えてくれるのである。啄木にとって浪費とは、精神的重圧からの逃避のためには大切な方途であった。しかし、これが同時に苦しい生活を更に苦しめる元凶であったのも事実である。逃げようとすればするほど、啄木は身動きの取れない状態に陥らざるを得なかったのである。

二十日間

（床屋の二階に移るの記）
本郷弓町二丁目十八番地
新井（喜之床）方

髪がボーボーとして、まばらな髭も長くなり、我ながらいやになる程やつれた。女中は肺病やみのようだと言った。下剤を用い過ぎて弱った身体を10日の朝まで3畳半に横たえていた。書こうという気はどうしても起こらなかった。が、金田一君と議論したのが縁になって、いろいろ文学上の考えを纏めることが出来た。

岩本が来て予の好意を感謝すると言って泣いた。

10日の朝、盛岡から出した宮崎君と節子の手紙を枕の上で読んだ。7日に函館を発って、母は野辺地に寄り、節子と京子は友と共に盛岡まで来たという。予は思った。「遂に！」

宮崎君から送ってきた15円で本郷弓町2丁目18番地の新井という床屋の2階二間を借り、下宿の方は、金田一君の保証で119円余を10円ずつ月賦にしてもらい、15日に発って来るように家族に言い送った。

15日の日に蓋平館《がいへいかん》を出た。荷物だけを借りた家に置き、その夜は金田一君の部屋に泊めてもらった。異様な別れの感じは二人の胸にあった。別れ！

16日の朝、まだ日の昇らぬうちに予と金田一君と岩本と三人は上野 station の Platform にあった。汽車は1時間遅れて着いた。友、母、妻、子………俥で新しい家に着いた。

第二部

「ローマ字日記」以降の啄木

啄木の短歌

『一握の砂』(明治四十三年十二月)抜粋

現在、啄木を知らしめているのはその短歌であると言ってよいだろう。出版された歌集は『一握の砂』(明治四十三年)と『悲しき玩具』(明治四十五年)の二冊であるが、他にも新聞、雑誌に発表された歌、ノートや日記に書き遺された歌を含めれば膨大な数にのぼる。

ここでは『一握の砂』から「煙二」を取り上げる。〈いのちの一秒〉を表現した歌集の一端を見ることで、「予が自由自在に駆使することの出来るのは歌ばかり」(「ローマ字日記」)と自身を揶揄した啄木の歌への想いを考えてみたい。

ふるさとの訛《なまり》なつかし
停車場《ていしやば》の人ごみの中に
そを聴きにゆく

やまひある獣《けもの》のごとき
わがこころ
ふるさとのこと聞けばおとなし

ふと思ふ
ふるさとにゐて日毎《ひごと》聴きし雀の鳴くを
三年《みとせ》聴かざり

亡くなれる師がその昔
たまひたる
地理の本など取りいでて見る

その昔
小学校の柾屋根《まさきやね》に我が投げし鞠《まり》
いかにかなりけむ

ふるさとの
かの路傍《みちばた》のすて石よ
今年も草に埋《うづ》もれしらむ

わかれをれば妹《いもと》いとしも
赤き緒の
下駄など欲しとわめく子なりし

二日前に山の絵見しが
今朝になりて
にはかに恋しふるさとの山

飴売《あめうり》のチャルメラ聴けば
うしなひし
をさなき心ひろへるごとし

このごろは
母も時時ふるさとのことを言ひ出づ
秋に入れるなり

それとなく
郷里《くに》のことなど語り出でて
秋の夜《よ》に焼く餅のにほひかな

かにかくに渋民村《しぶたみむら》は恋しかり
おもひでの山
おもひでの川

田も畑《はた》も売りて酒のみ
ほろびゆくふるさと人《びと》に
心寄する日

あはれかの我の教へし
子等《こら》もまた
やがてふるさとを棄てて出づるらむ

ふるさとを出で来《き》し子等の
相会《あいあ》ひて
よろこぶにまさるかなしみはなし

石をもて追はるるごとく
ふるさとを出でしかなしみ
消ゆる時なし

やはらかに柳あをめる
北上《きたかみ》の岸辺目に見ゆ
泣けとごとくに

ふるさとの
村医《そんい》の妻のつつましき櫛巻《こしまき》なども
なつかしきかな

かの村の登記所《とうきしょ》に来て
肺病みて
間もなく死にし男もありき

小学の首席を我と争ひし
友のいとなむ
木賃宿《きちんやど》かな

千代治《ちよぢ》等《ら》も長じて恋し
子を挙げぬ
わが旅にしてなせしごとくに

ある年の盆の祭に
衣《きぬ》貸さむ踊れと言ひし
女を思ふ

うすのろの兄と
不具《かたわ》の父もてる三太《さんた》はかなし
夜も書読《ふみよ》む

我と共に
栗毛の仔馬走らせし
母の無き子の盗癖《ぬすみぐせ》かな

大形《おほがた》の被布《ひふ》の模様の赤き花
今も目に見ゆ
六歳《むつ》の日の恋

その名さへ忘られし頃
飄然とふるさとに来て
咳せし男

意地悪の大工の子などもかなしかり
戦《いくさ》に出でしが
生きてかへらず

肺を病む
極道地主の総領の
よめとりの日の春の雷《らい》かな

宗次郎《そうじろ》に
おかねが泣きて口説《くど》き居《お》り
大根の花白きゆふぐれ

小心の役場の書記の
気の狂《ふ》れし噂に立てる
ふるさとの秋

わが従兄《いとこ》
野山の猟《かり》に飽きし後《のち》
酒のみ家売り病みて死にしかな

我ゆきて手をとれば
泣きてしづまりき
酔ひて荒《あば》れしそのかみの友

酒のめば
刀をぬきて妻を逐《お》ふ教師もありき
村を逐はれき

年ごとに肺病やみの殖えてゆく
村に迎へし
若き医者かな

ほたる狩
川にゆかむといふ我を
山路《やまぢ》にさそふ人にてありき

馬鈴薯《ばれいしよ》のうす紫の花に降る
雨を思へり
都の雨に

あはれ我がノスタルジヤは
金《きん》のごと
心に照れり清くしみらに

友として遊ぶものなき
性悪の巡査の子等も
あはれなりけり

閑古鳥《かんこどり》
鳴く日となれば起《おこ》るてふ
友のやまひのいかになりけむ

わが思ふこと
おほかたは正しかり
ふるさとのたより着ける朝《あした》は

今日聞けば
かの幸《さち》うすきやもめ人《びと》
きたなき恋に身を入《い》るるてふ

わがために
なやめる魂《たま》をしづめよと
讃美歌うたふ人ありしかな

あはれかの男のごときたましひよ
今は何処《いづこ》に
何を思ふや

わが庭の白き躑躅《つつじ》を
薄月《うすづき》の夜に
折りゆきしことな忘れそ

わが村に
初めてイエス・クリストの道を説きたる
若き女かな

霧ふかき好摩《かうま》の原の
停車場の
朝の虫こそすずろなりけれ

汽車の窓
はるかに北にふるさとの山見え来《く》れば
襟《えり》を正《ただ》すも

ふるさとの土をわが踏めば
何がなしに足軽《あしかろ》くなり
心重《おも》れり

ふるさとに入りて先《ま》づ心傷《いた》むかな
道広くなり
橋もあたらし

見もしらぬ女教師が
そのかみの
わが学舎《まなびや》の窓に立てるかな

かの家《いへ》のかの窓にこそ
春の夜を
秀子《ひでこ》とともに蛙《かはづ》聴きけれ

そのかみの神童の名の
かなしさよ
ふるさとに来て泣くはそのこと

ふるさとの停車場路《みち》の
川ばたの
胡桃《くるみ》の下に小石拾へり

ふるさとの山に向ひて
言ふことなし
ふるさとの山はありがたきかな

『一握の砂』煙二

※読みやすさに配慮して、適宜ルビを付した。

解説

短歌に対する位置づけの変化

『一握の砂』は現在最もよく知られている石川啄木の歌集である。「石川啄木＝歌人」という現代の私たちの持つ一般的知識もこの歌集の存在によるところが大きい。だが意外にも啄木本人においては「歌人」の意識は強くなく、短歌の位置付けも高いものではなかった。一九一〇（明治四十三）年十月四日、『一握の砂』発行の契約が出版社と無事に結ばれた直後でさえ、啄木は自分について「『歌人』たることを名誉とも光栄とも存ぜざる者」とし、「小生の歌の他人の歌よりも優れむことを希望する者には無之《これなく》」（明治四十三年十月十日付岡山儀七宛書簡）と述べているのである。『一握の砂』は啄木の処女歌集である。常識的に考えれば、もっと短歌に対する自負心や思い入れがあっても良さそうではないか。啄木の短歌に対するこうした距離感はどうして生まれてきたのだろうか。

血に染めし歌をわが世のなごりにてさすらひここに野に叫ぶ秋

これは初めて『明星』（明治三十五年十月号）に掲載された啄木十六歳の時の作品である（発

表時は石川白蘋《はくひん》の筆名を用いている）。同時期に盛岡中学校を退学せざるを得なくなった啄木にとって、『明星』初掲載はどれほどの喜びをもたらしたことだろう。

当時の学校教育制度では義務教育は尋常小学校までであり、その先の高等小学校には誰もが通えるわけではない。さらに高等小学校卒業後に中学校へ進学できる者は限られていた。啄木の時代も学歴社会であり、中学校はエリートコースの最初の教育機関となる。中学校卒業後さらに上級の学校に進学していくことで、将来の生活も約束されると一般的に考えられていたのだが、そこから啄木は脱落してしまう。入学時は百二十八人中十番という好成績だった啄木は、学年が進むごとに順位を落とし、二度にわたって試験で不正を行った結果、中学校を退学せざるを得なくなったのであった。

啄木は文学で身を立てるという決意で今後の人生を切り拓こうと考えていた。しかし、どれほどの才能があったとしても文学で食べていくことは容易ではなく、先の保証もない。自らの才能を自負する傾向が強かった啄木ではあるが、中学校退学という事態に対し不安が全くなかったわけではないだろう。それだけに、自らの苦しい思いと決意を込めた歌が『明星』に掲載された事実は勇気を与えたのではないだろうか。[1]『明星』掲載のこの一首が新たな人生のスタートだと考えれば、短歌という形式は啄木において自信と勇気を与えてくれる原点として位置づけられていてもおかしくないはずである。

けれども啄木は文学活動を短歌に専念すると限定していたわけではなかった。彼は明治三十五年十一月に初めて与謝野鉄幹・晶子夫妻と顔を合わせ、鉄幹から「和歌も一詩形には相違なけれども今後の詩人はよろしく新体詩上の新開拓をなさざるべからず」（明治三十五年十一月十日付日記）という話を聞いている。明治三十年代半ば、文学の世界は新しい局面を迎えようとしており、啄木もまた短歌以外に目を向け始めていくことになった。彼の生涯は短く、文学に従事できたのも『明星』初掲載からは約十年という期間しかなかったが、その活躍は短歌、詩、小説、評論と多岐に渡っている。とりわけ、若い啄木は文学の世界で最も新しいもの、最も力があるものに目を奪われていた。彼が志を持って向かったのは詩や小説だが、その気持ちの高まりには同時代の文学状況――象徴詩や自然主義の流行――が色濃く影響している。そして最も華々しくスポットライトの当たっている部分に引き寄せられていく中で、啄木における短歌はその位置づけを変えていくことになったのである。

身近であることの功罪

たとえば、小説で身を立てることを目指して上京した頃の啄木にとって、短歌は小説創作途上における苦悶からの息抜きとしての役割を担っていたようだ。「何も書く気になれぬ日であつた。胸の中には十も二十も材料があてゐ《（ママ）》て、それで書く気になれぬ。歌を五つ六つ作ったり、寝ころんでGorkyを読んだりして日を暮らす」（明治四十一年六月十八日付日記）「（先月半月許り小説を書けなくて仕方なしに歌など作つた。）」（七月七日付岩崎正宛書簡）とあるように、短歌は寝ころんで小説を読む行為と並べられ、「小説を書けなくて仕方なしに」作るものとされている。言い換えれば、啄木にとってそれほど短歌は生活に密着した身近なものだったのである。身近であればこそ、「昨夜枕についてから歌を作り初めたが、興が刻一刻に熾んになつて来て、遂々徹夜」（六月二十四日付日記）、「頭がすつかり歌になつてゐる。何を見ても何を聞いても皆歌だ」（六月二十五日付日記）という状況下、三日間で約二百五十首に及ぶ歌を作ることもできたのだろう。一気呵成に作り上げた歌の出来は玉石混淆であるが、[2] 歌の数は驚異的であり、そこにはすでに啄木の短歌における才能が現れている。しかし徹夜で歌を作り続けた啄木自身にとっては、「たとへるものもなく心地がすがすがしい」（六月二十四日付日記）と記すように、一気に短歌を詠むことによって心の中に溜め込んでいた澱を吐き出せた感慨が強いようであった。こうした経過を見ていくと、この時期の啄木における短歌の位置づけには〈ストレス解消法〉の側面があったと考えることもできるのではないか。啄木の言う作歌の「興」が、結果として〈ストレス解消法〉となっているのである。おそらくは短歌が身近なものだからこそ、こうしたことも可能となったのだろう。

ただし、短歌は自ら最も活躍を望んでいた小説と同じ文学の分野であり、それゆえに啄木にとって複雑な思いを抱かせるものでもあった。この頃の啄木が短歌を軽んじていたことは、『スバル』第二号の編集を担当した際に、短歌の活字の大きさを他の掲載物と比べ小さくしたところにも表れている。背水の陣で挑んでいる小説はちっともうまくいかないことが、短歌への屈折した思いを生み、「予が自由自在に駆使することのできるのは歌ばかりかと思うといい心持ちではない」（明治四十二年四月二十三日付「ローマ字日記」）と述べるように、短歌はますます軽視された。歌会においても「このごろ真面目に歌など作る気になれない」（四月十一日付「ローマ字日記」）といって〈へなぶり歌〉などを作っていた啄木であった。

新たな短歌観の発見

しかし、このような啄木の短歌に対する態度は再び変化していく。その変化には、「ローマ字日記」以降、文学を高尚で優位なものとしていた姿勢を改め、「実人生と何等の間隔なき心持」（「弓町より」）で向き合うことを明確に認識するようになったことが影響していると見てよい。

実は啄木は、『一握の砂』刊行前の明治四十三年四月に『仕事の後《のち》』というタイトルで歌集の出版を試みていた。結局発行は見送られたのだが、タイトルについて啄木は「仕事の後！　それで可いじやないか。つまり有つても無くつても可いといふわけだ。そうして一切の文学の価値と意義とは其処にあると僕は思ふ」（四月十二日付宮崎大四郎宛書簡）と語っている。「有つても無くつても可い」、それが文学の価値、文学の意義であるということは、人にとってごく身近な存在になりうるものが文学なのだという意味ではないか。歌集発行には、文学を生活の中で特別視しないという啄木の考えも託されていたのだ。短歌は、詩や小説よりも啄木のこうした考えを表すのにふさわしい実践の形だった。なぜならば啄木自身が、自分の生活の中の最も身近な文学として短歌と接してきていたからである。

したがって冒頭の話に戻れば、出版社と『一握の砂』契約直後の書簡における啄木の言葉も、このような文学への思いが元になっていると考えられる。啄木には、もはや歌人としての名誉も光栄も優劣も関係ないのだ。啄木は自ら『一握の砂』について「広くこの歌集を世の苦労人や、中年の人々にも薦め得る自信を持つてゐる」という広告文を書いたが、この文からも日々の生活を慎ましく、そして懸命に生きている人の側にあるものとして歌集を位置づけている姿勢が見える。こうして啄木にとって短歌は、彼の求める文学の在り方を実践するものとして深い意味を持ち始めていったのだった。

『一握の砂』の世界

それでは最後に、『一握の砂』とはどういった歌集であるかを考えたい。形式面においても三行分かち書きなどの新しい試みがあるが、ここでは全体的な構成上の工夫を見ていくことにする。

『一握の砂』では五つのグループに歌が分けられ、「我を愛する歌」「煙」「秋風のこころよさに」「忘れがたき人人」「手套を脱ぐ時」と小題が付されている（さらに「煙」と「忘れがたき人人」は、それぞれ一、二に分けられている）。「煙」は故郷渋民と少年時代の回顧、「秋風のこころよさに」は「明治四十一年秋の紀念」の歌、「忘れがたき人々」は（一）が函館から釧路までの思い出で、（二）は函館弥生小学校の同僚であった橘智恵子を詠んだものであると啄木自身が説明している。これらの回想歌群を挟みこむように、現在を詠む「我を愛する歌」と「手套を脱ぐ時」が置かれ、歌集全体は現在の心境から回想にうつり再び現在に戻ってくるという流れで構成された。

歌集において工夫されている点として、回想歌群に厚みを持たせていること、それらを時間軸に沿って並べていないことに注目してみよう。啄木は出版社との契約後に、収録歌のほぼ半数にあたる二百六十一首の短歌を新たに加えている。そのうちのほとんどが回想部分である「煙」と「忘れがたき人人」の歌で、「煙」で言えば「一」「二」をあわせ百一首中八十首が新たに加えられたように、啄木には明らかに回想歌を増やす意図があった。また、歌集全体では現在から過去、過去から再び現在へという時間の流れを意識させつつも、回想歌群では盛岡時代、渋民時代、明治四十一年秋、北海道時代と、過ぎ去った時間を行きつ戻りつしながら過去の層を重ねていく構成となっている。短歌の一首一首は「一生に二度とは帰って来ないいのちの一秒」（「一利己主義者と友人との対話」）であるが、その一秒が幾重にも重なり今の心境を形作る確かな土台となっていることを実感させるのが『一握の砂』の特徴なのである。

本書では回想歌の中から特に「煙二」をとりあげた。そこには過去と現在の繋がりを感じさせる歌が含まれているからである。「煙二」は渋民村への思郷を詠んでいる部分で、渋民を離れる時には「石を持て追はるるごとく」と歌に詠んだような辛い状況もあり、啄木自身は二度と戻ることはなかった。しかし「煙二」の最後には、帰らなかった渋民への帰省歌が置かれているのである。ここでの帰省は無論フィクションであり、おそらく過去の故郷を思い出しながら、故郷に帰ってきた想像上の〈現在〉を啄木は詠んだ。想像でしかない帰省歌は、想像ゆえに個人の体験を離れ、故郷に対する一つの観念となる。そして観念であるがゆえに、かえって普遍性を獲得し現実味を帯びていく歌となるのである。啄木の帰省歌は、これを読む人の心に、望郷の思いを実感させることだろう。まさに過去が現在の土台となっているのだ。現在の「いのちの一秒」が過去に連なることを示す『一握の砂』の世界の一端を、「煙二」の帰省歌は確かに担っているのである。

1　太田登『啄木短歌論考　抒情の軌跡』（八木書店、一九九一年三月）では「石川白蘋（東京）」という署名に「啄木のしたたかな決意」を指摘している。

2　三枝昂之『啄木――ふるさとの空遠みかも』（本阿弥書店、二〇〇九年九月）には、この時啄木が詠んだ歌が分析されている。なお、明治四十一年以降の啄木の短歌観の変化についても同書を参照している。

啄木の詩

「呼子と口笛」(明治四十四年六月)他

啄木はわずか十九歳で詩集『あこがれ』(明治三十八年)を出版する。当時流行した象徴詩人達の影響が指摘されるものの、その早熟な文学的才能が十分にうかがわれる詩集であった。啄木の詩のスタイルが大きく変わったのは「ローマ字日記」以降で、評論「弓町より」における実生活につながる詩の主張を経て、晩年の「呼子と口笛」の世界に到達する。

ここでは、『あこがれ』、「心の姿の研究」(『東京毎日新聞』掲載)、「呼子と口笛」の中から数編を紹介し、初期とは著しい変化が生じた啄木の詩をみていきたい。

杜に立ちて

秋去り秋来《く》る時劫《じごふ》の刻みうけて
五百秋《いほあき》朽ちたる老杉《おいすぎ》、その真洞《まほら》に
黄金《こがね》の鼓《つゞみ》のたばしる音伝へて、
今日まだ木の間をすぐるか、こがらし姫。
運命狭《せま》くも悩みの黒霧《くろぎり》落ち
陰霊《ゐんりょう》いのちの痛みに唸く如く、
梢を揺りては遠のき、また寄せくる
無間の潮《うしほ》に漂ふ落葉の声。

ああ今、来りて抱けよ、恋知る人。
流転の大浪すぎ行く虚《うつろ》の路、
そよげる木の葉ぞ幽かに落ちてむせぶ。——
驕楽かくこそ沈まめ。——見よ、緑の
薫風いづこへ吹きしか。胸燃えたる

束の間、げにこれたふとき愛の栄光《さかえ》。

『あこがれ』（明治三十八年）より

夏の街の恐怖

焼けつくやうな夏の日の下に
おびえてぎらつく軌条《れーる》の心。
母親の居睡《いねむり》の膝から辷《すべ》り下りて
肥《ふと》つた三歳《みつ》ばかりの男の児《こ》が
ちよこ〱と電車線路へ歩いてゆく。

八百屋の店には萎《な》えた野菜。
病院の窓の窓掛《まどかけ》は垂れて動かず。
閉された幼稚園の鉄の門の下には
耳の長い白犬《しろいぬ》が寝そべり、

すべて、限りもない明るさの中に
どこともなく、芥子《けし》の花が死落《しにお》ち
生木《なまき》の棺《くわん》に裂罅《ひび》の入《い》る夏の空気のなやましさ。

病身の氷屋の女房が岡持《おかもち》を持ち、
骨折れた蝙蝠傘《こうもりがさ》をさしかけて門《かど》を出《いづ》れば、
横町の下宿から出て進み来る、
夏の恐怖に物も言はぬ脚気患者《かっけかんじゃ》の葬りの列。
それを見て辻《つじ》の巡査は出かゝつた欠伸《あくび》噛みしめ、
白犬《しろいぬ》は思ふさまのびをして
塵溜《ごみため》の蔭《かげ》に行《ゆ》く。

焼けつくやうな夏の日の下に、
おびえてぎらつく軌条《れーる》の心。
母親の居睡《いねむ》りの膝から辷《すべ》り下りて
肥《ふと》つた三歳《みつ》ばかりの男の児が
ちよこ〳〵と電車線路へ歩いて行《ゆ》く。

事ありげな春の夕暮

遠い国には戦《いくさ》があり……
海には難破船の上の酒宴《さかもり》……

質屋の店には蒼《あお》ざめた女が立ち、
燈光《あかり》にそむいてはなをかむ。
其処《そこ》を出て来れば、路次《ろじ》の口に
情夫《まぶ》の背を打つ背低い女——
うす暗がりに財布を出す。

何か事ありげな——
春の夕暮の町を圧する
重く淀《よど》んだ空気の不安。

「心の姿の研究（一）」（明治四十三年）より

仕事の手につかぬ一日が暮れて、
何に疲れたとも知れぬ疲がある。

遠い国には沢山《たくさん》の人が死に……
また政庁に推寄《おしよ》せる女壮士《おんなそうし》のさけび声……
海には信天翁《あほうどり》の疫病……

あ、大工の家では洋燈《らんぷ》が落ち、
大工の妻が跳《と》び上る。

「心の姿の研究（三）」（明治四十三年）より

はてしなき議論の後

一九一一・六・一五・TOKYO

われらの且つ読み、且つ議論を闘はすこと、
しかしてわれらの眼の輝けること、

五十年前の露西亜の青年に劣らず。
われらは何を為すべきかを議論す。
されど、誰一人、握りしめたる拳に卓をたたきて、
'V NARÓD !' と叫び出づるものなし。

われらはわれらの求むるものの何なるかを知る、
また、民衆の求むるものの何なるかを知る、
しかして、我等の何を為すべきかを知る。
実に五十年前の露西亜の青年よりも多く知れり。
されど、誰一人、握りしめたる拳に卓をたたきて、
'V NARÓD !' と叫び出づるものなし。

此処にあつまれるものは皆青年なり、
常に世に新らしきものを作り出だす青年なり。
われらは老人の早く死に、しかしてわれらの遂に勝つべきを知る。
見よ、われらの眼の輝けるを、またその議論の激しきを。

されど、誰一人、握りしめたる拳に卓をたたきて、
'V NARÓD !' と叫び出づるものなし。

ああ、蝋燭はすでに三度も取り代へられ、
飲料の茶碗には小さき羽虫の死骸浮び、
若き婦人の熱心に変りはなけれど、
その眼には、はてしなき議論の後の疲れあり。
されど、なほ、誰一人、握りしめたる拳に卓をたたきて、
'V NARÓD !' と叫び出づるものなし。

一九一一・六・一五・TOKYO

ココアのひと匙

われは知る、テロリストの
かなしき心を――
言葉とおこなひとを分ちがたき

ただひとつの心を、
奪はれたる言葉のかはりに
おこなひをもて語らむとする心を、
われとわがからだを敵に擲げつくる心を——
しかして、そは真面目にして熱心なる人の常に有《も》つかなしみなり。

はてしなき議論の後の
冷さめたるココアのひと匙を啜《すす》りて、
そのうすにがき舌触《したざわ》りに、
われは知る、テロリストの
かなしき、かなしき心を。

一九一一・六・一六・TOKYO

激論

われはかの夜の激論を忘るること能はず、

新しき社会に於ける〝権力〟の処置に就きて、
はしなくも、同志の一人なる若き経済学者Nと
われとの間に惹き起されたる激論を、
かの五時間に亘れる激論を。

〝君の言ふ所は徹頭徹尾煽動家の言なり。〟
かれは遂にかく言ひ放ちき。
その声はさながら咆ゆるごとくなりき。
若しその間に卓子《テーブル》のなかりせば、
かれの手は恐らくわが頭を撃ちたるならむ。
われはその浅黒き、大いなる顔の
男らしき怒りに漲《みなぎ》れるを見たり。

五月の夜はすでに一時なりき。
或る一人の立ちて窓をあけたるとき、
Nとわれとの間なる蝋燭の火は幾度か揺れたり。

病みあがりの、しかして快く熱したるわが頬に、
雨をふくめる夜風の爽かなりしかな。

さてわれは、また、かの夜の、
われらの会合に常にただ一人の婦人なる
Kのしなやかなる手の指環を忘るること能はず。
ほつれ毛をかき上ぐるとき、
また、蝋燭の心を截るとき、
そは幾度かわが眼の前に光りたり。
しかして、そは実にNの贈れる約婚のしるしなりき。
されど、かの夜のわれらの議論に於いては、
かの女《じょ》は初めよりわが味方なりき。

一九一一・六・一五・TOKYO

書斎の午後

われはこの国の女を好まず。

読みさしの舶来の本の
手ざはりあらき紙の上に、
あやまちて零《こぼ》したる葡萄酒の
なかなかに浸みてゆかぬかなしみ。

われはこの国の女を好まず。

墓碑銘

一九一一・六・一六・TOKYO

われは常にかれを尊敬せりき、
しかして今も猶《なお》尊敬す——
かの郊外の墓地の栗の木の下に
かれを葬りて、すでにふた月を経たれど。

実に、われらの会合の席に彼を見ずなりてより、
すでにふた月は過ぎ去りたり。
かれは議論家にてはなかりしかど、
なくてかなはぬ一人なりしが。

或る時、彼の語りけるは、
〝同志よ、われの無言をとがむることなかれ。
われは議論すること能《あた》はず、
されど、我には何時にても起《た》つことを得る準備あり。〟

〝かれの眼は常に論者の怯懦《きょうだ》を叱責《しっせき》す。〟
同志の一人はかくかれを評しき。
然《しか》り、われもまた度度《たびたび》しかく感じたりき。
しかして、今や再びその眼より正義の叱責をうくることなし。

かれは労働者――一個の機械職工なりき。
かれは常に熱心に、且つ快活に働き、
暇あれば同志と語り、またよく読書したり。
かれは煙草も酒も用ゐざりき。

かれの真摯《しんし》にして不屈、且つ思慮深き性格は、
かのジユラの山地のバクウニンが友を忍ばしめたり。
かれは烈しき熱に冒されて病の床に横はりつつ、
なほよく死にいたるまで譫語《うわごと》を口にせざりき。

〝今日は五月一日なり、われらの日なり。〟
これかれのわれに遺したる最後の言葉なり。
その日の朝、われはかれの病を見舞ひ、
その日の夕《ゆうべ》、かれは遂に永き眠りに入れり。

ああ、かの広き額と、鉄槌《てっつい》のごとき腕《かいな》と、

しかして、また、かの生を恐れざりしごとく
死を恐れざりし、常に直視する眼と、
眼つぶれば今も猶わが前にあり。

彼の遺骸は、一個の唯物論者として、
かの栗の木の下に葬られたり。
われら同志の撰《えら》びたる墓碑銘は左の如し、
〝われには何時にても起つことを得る準備あり。〟

一九一一・六・一六・TOKYO

古びたる鞄をあけて

わが友は、古びたる鞄をあけて、
ほの暗き蝋燭の火影《ほかげ》の散らぼへる床に、
いろいろの本を取り出だしたり。
そは皆この国にて禁じられたるものなりき。

やがて、わが友は一葉の写真を探しあてて、
〝これなり〟とわが手に置くや、
静かにまた窓に凭《よ》りて口笛を吹き出だしたり。
そは美くしとにもあらぬ若き女の写真なりき。

一九一一・六・二五・TOKYO

家

今朝も、ふと、目のさめしとき、
わが家と呼ぶべき家の欲しくなりて、
顔洗ふ間もそのことをそこはかとなく思ひしが、
つとめ先より一日の仕事を了《お》へて帰り来て、
夕餉の後の茶を啜《すす》り、煙草をのめば、
むらさきの煙の味のなつかしさ、
はかなくもまたそのことのひよつと心に浮び来る――

はかなくもまたかなしくも。

場所は、鉄道に遠からぬ、
心おきなき故郷の村のはづれに選びてむ。
西洋風の木造のさつぱりとしたひと構へ、
高からずとも、さてはまた何の飾りのなくとても、
広き階段とバルコンと明るき書斎……
げにさなり、すわり心地のよき椅子《いす》も。

この幾年に幾度も思ひしはこの家のこと、
思ひし毎に少しづつ変へし間取《まどり》のさまなどを
心のうちに描きつつ、
ラムプの笠の真白きにそれとなく眼をあつむれば、
その家に住むたのしさのまざまざ見ゆる心地して、
泣く児に添乳《そえぢ》する妻のひと間の隅のあちら向き、
そを幸ひと口もとにはかなき笑ゑみものぼり来る。

さて、その庭は広くして、草の繁るにまかせてむ。
夏ともなれば、夏の雨、おのがじしなる草の葉に
音立てて降るこころよさ。
またその隅にひともとの大樹を植ゑて、
白塗の木の腰掛を根に置かむ——
雨降らぬ日は其処《そこ》に出て、
かの煙濃く、かをりよき埃及《エジプト》煙草ふかしつつ、
四五日おきに送り来る丸善よりの新刊の
本の頁を切りかけて、
食事の知らせあるまでをうつらうつらと過ごすべく、
また、ことごとにつぶらなる眼を見ひらきて聞きほるる
村の子供を集めては、いろいろの話聞かすべく……

はかなくも、またかなしくも、
いつとしもなく若き日にわかれ来りて、

月月のくらしのことに疲れゆく、
都市居住者のいそがしき心に一度浮びては、
はかなくも、またかなしくも、
なつかしくして、何時《いつ》までも棄《す》つるに惜しきこの思ひ、
そのかずかずの満たされぬ望みと共に、
はじめより空《むな》しきことと知りながら、
なほ、若き日に人知れず恋せしときの眼付して、
妻にも告げず、真白なるランプの笠を見つめつつ、
ひとりひそかに、熱心に、心のうちに思ひつづくる。

一九一一・六・二七・TOKYO

飛行機

見よ、今日も、かの蒼空《あおぞら》に
飛行機の高く飛べるを。

給仕づとめの少年が
たまに非番の日曜日、
肺病やみの母親とたった二人の家にゐて、
ひとりせつせとリイダアの独学をする眼の疲れ……

見よ、今日も、かの蒼空に
飛行機の高く飛べるを。

以上、八編「呼子と口笛」（明治四十四年）より

※読みやすさに配慮して、適宜ルビを付した。

解説

詩人として啄木が詩壇に登場したのは一九〇三（明治三十六）年十二月のことである。与謝野鉄幹・晶子夫妻主宰の『明星』誌上において、「愁調」と題する五編の詩が発表されたのだ（「啄木」という号も初めて使用された）。啄木の詩稿が新詩社に届いた時、鉄幹は才能ある若者の登場に喜んだというが、弱冠十七歳の啄木が作った詩篇は『明星』同人たちにも注目され、啄木にとっても喜ばしい「詩人デビュー」となっている。

七十七編の詩をおさめた詩集『あこがれ』を刊行したのは、それからわずか二年後である。この詩集は、当時活躍していた薄田泣菫や蒲原有明ら先行する象徴主義の詩人たちの影響が強く、想像力における独立性が乏しいと批判されはしたものの、二十歳になる前の若者が詩集を上梓したこと自体が驚きであり、成熟した才能はやはり『明星』で評判となった。

けれども『あこがれ』は、啄木が生活に困窮していた明治四十二年五月、タバコを購入する金を得るために古本屋へ持って行った際には、たった五銭の値しかつけてもらえなかった。六年前には定価五十銭で出版された本である。古本屋の買い取りとはいえ、十分の一に下げられた値段を突き付けられた啄木はどれほどショックを受けただろうか。「ローマ字日記」の中ではこの出来事を淡々と書きとめた後に、「Ha,ha……」と笑い声だけが記されている。自らを嘲笑するような投げやりな笑い声からは、啄木の誇りがいかに傷ついたかを推し量ることができる。同時に、かつて文壇を席巻した象徴詩が瞬く間にその文学的評価を下落させ、過去の遺物と化していることを、五銭という値段を通して啄木は痛感したのではないか。

　啄木は「過去の栄光」と決別した。「ローマ字日記」以後に書かれた「弓町より（食ふべき詩）」（『東京毎日新聞』明治四十二年十一月〜十二月）という評論の中で、その姿勢が明らかになる。ここで啄木は、詩人としての自らの過去を見つめ直して批判を加え、さらにこれからのあるべき詩の方向性と詩人の姿を明確に定めていった。電車内で見かけたビールの広告のコピー「食ふべきビール」から着想された「食ふべき詩」というサブタイトルはユニークであるが、この評論の中身は極めて真剣な問題提起に満ちている。「食ふべき詩」とは「両足を地面《ぢべた》に喰《く》つ《っ》付けてゐて歌ふ詩」、「実人生と何等の間隔なき心持を以て歌ふ詩」という意味で用いられており、啄木は詩を「人間の感情生活（もつと適当な言葉もあらうと思ふが）の変化の厳密なる報告、正直なる日記でなければならぬ」と位置づける。同時に、西洋の詩の研究に勤《いそ》しみそれを吸収することよりも、「現在の日本に生活し、現在の日本語を用ひ、現在の日本を了解しているところの日本人に依て歌はれた詩」こそが要求されるという考えを示す。詩を含めた文学を実生活と切り離してはならないとする啄木の基本姿勢は、やはり「ローマ字日記」の時期を含めた生活上の苦闘の結晶だろう。

「食ふべき詩」と同時期には、「心の姿の研究」と題された五編の口語自由詩も『東京毎日新聞』に発表された。悲劇の予感や倦怠感、不安といった重苦しい雰囲気が各詩を貫き、「現在の日本」の何に啄木のまなざしが向けられているのか、それらの詩を通して知ることができるはずだ。現実の生活を見据えること――詩人啄木の変化は明確である。

だが啄木はここでとどまらず、その詩はさらに変化を見せていく。「心の姿の研究」から一年半後の明治四十四年六月、啄木は大学ノートで〈詩集〉を自作した。目次を設け、扉絵等を付した、この世でたった一冊しか存在しないその〈詩集〉のタイトルは「呼子と口笛」である。この中には若山牧水主宰の『創作』に掲載された六編の詩と、更に二編を追加した合計八編の詩が記されているが、先を示すページの数字が目次にもノートの下部にも付されていることから、啄木はさらに詩を加え続ける予定だったと考えられている。従って、ノートに残された八編だけでこの時期の啄木の変化を総括することは無論できないが、革命をテーマに持つ「はてしなき議論の後」「ココアのひと匙」「激論」「書斎の午後」「墓碑銘」「古びたる鞄をあけて」の六編、追加された「家」「飛行機」の二編もあわせ、郷愁と抒情を感じさせる詩風となっており、「心の姿の研究」との相違は明らかである。

これらの詩が作られた頃、確かに啄木は現実の日本に対して批判的まなざしをもち続けていたし、閉塞した日本社会を変えねばならぬと考えていた。しかし「呼子と口笛」では、「ココア」「舶来の本」「葡萄酒」等の異国情緒を醸《かも》し出す言葉を散りばめ、革命をテーマにした詩でありながら、過ぎ去ってしまった出来事をうたうように、どこか遠く、あたたかなまなざしを感じさせる。前者の異国情緒については北原白秋の詩の影響が指摘されているが、後者については、啄木が独自の方向性を開拓し始めたのだと考えられないだろうか。

「呼子と口笛」を貫くものは「愛おしむ心」である。「飛行機」や「家」は勿論のこと、「V NARÓD !」と叫ぶことをしなかった人々も、「われはこの国の女を好まず」とうたわれた「この国」日本の女さえも、決して冷酷に見つめられてはいない。「愛おしむ心」が抒情を呼び起こし、それによって詩をよむ人々の心に啄木の思いが届けられているのである。多くの人々に愛される啄木の短歌が抒情性と切り離せないように、抒情は人々の共感、共鳴を誘いやすい。革命をテーマに持つこれらの詩は、声高に叫ばれる必要などないのである。啄木の数多くある詩の中で、「呼子と口笛」の詩ほど抒情に近づいているものはない。革命詩における抒情の発見。それが晩年の啄木の到達した新しき詩のあり方であったといえるだろう。

啄木の評論

「時代閉塞の現状（強権、純粋自然主義の最後及び明日の考察）」（明治四十三年八月）

現在の啄木研究において、詩や短歌に勝るとも劣らない評価を得ているのが評論である。一般には馴染みが薄いかもしれないが、十七歳の頃から『岩手日報』等に寄稿し、成人してからも文芸に留まらず幅広い内容の評論を『東京毎日新聞』他に精力的に発表する。

ここで取り上げた「時代閉塞の現状」は社会状況に深く分け入った評論であり、読みやすい文体や内容ではないが、幸徳秋水ら社会主義者が逮捕された「陰謀事件」を契機に啄木の思想がより一層深化したことがわかる重要作である。

（一）

数日前本欄（東京朝日新聞の文芸欄）に出た「自己主張の思想としての自然主義」と題する魚住氏の論文は、今日に於ける我々日本の青年の思索的生活の半面――閑却されている半面を比較的明瞭に指摘した点に於て、注意を値するものであった。蓋し我々が一概に自然主義という名の下に呼んで来た所の思潮には、最初からして幾多の矛盾が雑然として混在していたに拘らず、今日まで未だ何等の厳密なる検覈《けんかく》がそれに対して加えられずにいるのである。彼等の両方――所謂自然主義者も亦所謂非自然主義者も、早くから此矛盾を或程度までは感知していたに拘わらず、共に其「自然主義」という名を最初から余りにオオソライズして考えていた為に、此矛盾を根柢まで深く解剖し、検覈する事を、そうしてそれが彼等の確執を最も早く解決するものなる事を忘れていたのである。斯くて此「主義」は既に五年の間間断《かんだん》なき論争を続けられて来たに拘らず、今日猶其最も一般的なる定義をさへ与えられずにいる。のみならず、事実に於て既に純粋自然主義が其理論上の最後を告げているに拘らず、同じ名の下に繰返さるゝ、全く別な主張と、それに対する無用の反駁とが、其熱心を失った状態を以て何時までも継続されている。そうして凡て此等の混乱の渦中に在って、今や我々の多くは其心内に於て自己分裂のいたましき悲劇に際会しているのである。思想の中心を失っているのである。

自己主張的傾向が、数年前我々が其新しき思索的生活を始めた当初からして、一方それと矛盾する科学的、運命論的、自己否定的傾向（純粋自然主義）と結合していた事は事実である。そうしてこれは屢《しばしば》後者の一つの属性の如く取扱われて来たに拘らず、近来（純粋自然主義が彼の観照論に於て実人生に対する態度を一決して以来）の傾向は、漸く両者の間の溝渠《こうきょ》の遂に越ゆべからざるを示している。此意味に於て、魚住氏の指摘は能く其時を得たものというべきである。然し我々は、それと共に或重大なる誤謬が彼の論文に含まれているのを看過することが出来ない。それは、論者が其指摘を一の議論として発表する為に――「自己主張の思想としての自然主義」を説く為に、我々に向って一の虚偽を強要している事である。相矛盾せる両傾向の不思議なる五年間の共棲を我々に理解させる為に、其処に論者が自分勝手に一つの動機を捏造していることである。すなわち、その共棲がまったく両者共通の怨敵たるオオソリテイ――国家というものに対抗する為に政略的に行われた結婚であるとしている事である。

それが明白なる誤謬、むしろ明白なる虚偽である事は、此処に詳しく述べるまでもない。我々日本の青年は未だ嘗て彼の強権に対して何等の確執をも醸《かも》した事が無いのである。従って国家が我々に取って怨敵となるべき機会も未だ嘗て無かったのである。そうして此処に我々が論者の不注意に対して是正を試みるのは、蓋し、今日の我々にとって一つの新しい悲しみでなければならぬ。何故なれば、それは実に、我々自身が現在に於て有《も》っている理解の猶極めて不徹底の状態に在る事、及び我々の今日及び今日までの境遇が彼の強権を敵とし得る境遇の不幸よりも更に一層不幸なものである事を自ら承認する所以であるからである。

今日《こんにち》我々の中《うち》誰でも先づ心を鎮めて、彼の強権と我々自身との関係を考えて見るならば、必ず其処に予想外に大きい疎隔（不和ではない）の横たわっている事を発見して驚くに違いない。実に彼の日本の総《すべ》ての女子が、明治新社会の形成を全く男子の手に委ねた結果として、過去四十年の間一《いつ》に男子の奴隷として規定、訓練され（法規の上にも、教育の上にも、将又《はたまた》実際の家庭の上にも）、しかもそれに満足――少なくともそれに抗弁する理由を知らずにいる如く、我々青年も亦同じ理由によって、総《すべ》て国家に就いての問題に於ては（それが今日の問題であろうと、我々自身の時代たる明日の問題であろうと）、全く父兄の手に一任しているのである。これ我々自身の希望、若《もし》くは便宜によるか、父兄の希望、便宜によるか、或は又両者の共に意識せざる他の原因によるかは別として、兎も角も以上の状態は事実である。国家てふ問題が我々の脳裡に入って来るのは、たゞそれが我々の個人的利害に関係する時だけである。そうしてそれが過ぎてしまえば、再び他人同志になるのである。

（二）

無論思想上の事は、必ずしも特殊の接触、特殊の機会によってのみ発生するものではない。我々青年は誰しも其或時期に於て徴兵検査の為に非常な危惧を感じている。又総ての青年の権利たる教育が其一部分――富有なる父兄を有った一部分だけの特権となり、更にそれが無法なる試験制度の為に更に又約三分の一だけに限られている事実や、国民の最大多数の食事を制限している高率の租税の費途《ひと》なども目撃している。凡そ此等の極く普通な現象も、我々をして彼《か》の強権に対する自由討究を始めしむる動機たる性質は有《も》っているに違いない。然り、寧ろ本来に於いては我々は已に業《すで》に其自由討究を始めているべき筈なのである。にも拘らず実際に於ては、幸か不幸か我々の理解はまだ其処まで進んでいない。そうして其処には日本人特有の或論理が常に働いている。

しかも今日我々が父兄に対して注意せねばならぬ点が其処に存するのである。蓋し其論理は我々の父兄の手に在る間は其国家を保護し、発達さする最重要の武器なるに拘らず、一度我々青年の手に移されるに及んで、全く何人も予期しなかった結論に到達しているのである。「国家は強大でなければならぬ。我々は夫を阻害すべき何らの理由も有っていない。但し我々だけはそれにお手伝するのは御免だ！」これ実に今日比較的教養ある殆ど総ての青年が国家と他人たる境遇に於て有ち得る愛国心の全体ではないか。そうして此結論は、特に実業界などに志す一部の青年の間には、更に一層明晰になっている。曰く、「国家は帝国主義で以て日に増し強大になって行く。誠に結構な事だ。だから我々もよろしくその真似をしなければならぬ。正義だの、人道だのという事にはお構いなしに一生懸命儲けなければならぬ。国の為なんて考える暇があるものか！」

彼の早くから我々の間に竄入《ざんにゅう》している哲学的虚無主義の如きも、亦此愛国心の一歩だけ進歩したものであることは言うまでもない。それは一見彼の強権を敵としているようであるけれども、そうではない。寧ろ当然敵とすべき者に服従した結果なのである。彼等は実に一切の人間の活動を白眼を以て見るが如く、強権の存在に対しても亦全く没交渉なのである。――それだけ絶望的なのである。

かくて魚住氏の所謂共通の怨敵が実際に於て存在しない事は明らかになった。無論それは、彼の敵が敵たる性質を有っていないという事でない。我々がそれを敵にしていないという事である。そうして此結合（矛盾せる両思想の）は、寧ろそういう外部的原因からではなく、実に此両思想の対立が認められた最初から今日に至る迄の間、両者が共に敵を有たなかったという事に原因しているのである。（後段参照）

魚住氏は更に同じ誤謬から、自然主義者の或人々が嘗て其主義と国家主義との間に或妥協を試みたのを見て、「不徹底」だと咎めている。私は今論者の心持だけは充分了解することが出来る。然し既に国家が今日まで我々の敵ではなかった以上、また自然主義という言葉の内容たる思想の中心が何処にあるか解らない状態にある以上、何を標準として我々はしかく軽々しく不徹底呼ばわりをする事が出来よう。そうして又其不徹底が、たとい論者の所謂自己主張の思想から言っては不徹底であるにしても、自然主義としての不徹底では必ずしも無いのである。

すべて此等の誤謬は、論者が既に自然主義という名に含まる、相矛盾する傾向を指摘して置きながら、猶且つそれに対して厳密なる検覈《けんかく》を加えずにいる所から来ているのである。一切の近代的傾向を自然主義という名によって呼ぼうとする笑うべき「羅馬《ローマ》帝国」的妄想から来ているのである。そうしてこの無定見は、実は、今日自然主義という名を口にする殆んど総ての人の無定見なのである。

（三）

無論自然主義の定義は、少なくとも日本に於ては、未だ定まっていない。従って我々は各々其欲する時、欲する処に勝手に此名を使用しても、何処からも咎められる心配は無い。然しそれにしても思慮ある人はそう言う事はしない筈である。同じ町内に同じ名の人が五人も十人も有った時、それによって我々の感ずる不便は何れだけであるか。其不便からだけでも、我々は今我々の思想其者を統一すると共に、又其名にも整理を加える必要があるのである。

見よ、花袋氏、藤村氏、天渓氏、抱月氏、泡鳴氏、白鳥氏、今は忘られているが風葉氏、青果氏、其他――すべて此等の人は皆斉しく自然主義者なのである。そうして其各々の間には、今日既に其肩書以外には殆んど全く共通した点が見出し難いのである。無論同主義者だからと言って、必ずしも同じ事を書き、同じ事を論じなければならぬという理由はない。それならば我々は、白鳥氏対藤村氏、泡鳴氏対抱月氏の如く、人生に対する態度までが全く相違している事実を如何に説明すればよいのであるか。尤も此等の人の名は既に半ば歴史的に固定しているのであるから仕方が無いとしても、我々は更に、現実暴露、無解決、平面描写、画一線の態度等の言葉によって表された科学的、運命論的、静止的、自己否定的の内容が、其後漸く、第一義慾とか、人生批評とか、主観の権威とか、自然主義中の浪漫的分子とかいう言葉によって表さるゝ活動的、自己主張的の内容に変って来た事や、荷風氏が自然主義者によって推讃の辞を贈られたことや、今度また「自己主張の思想としての自然主義」という論文を読まされたことなどを、どういう手続を以て承認すれば可いのであるか。其等の矛盾は、啻《ただ》に一見して矛盾に見える許りでなく、見れば見る程何処迄も矛盾しているのである。かくて今や「自然主義」という言葉は、刻一刻に身体も顔も変って来て、全く一個のスフィンクスに成っている。「自然主義とは何ぞや？　其中心は何処に在りや？」斯く我々が問を発する時、彼等の中一人でも起つてそれに答へ得る者があるか。否、彼等は一様に起って答へるに違いない、全く別々な答を。

更に此混雑は彼らの間のみに止まらないのである。今日の文壇には彼等の外に別に、自然主義者という名を肯《がへん》じない人達がある。然し其等の人達と彼等との間には抑《そもそ》も何れだけの相違が有るのか。一例を挙げるならば、近き過去に於て自然主義者から攻撃を享けた享楽主義と観照論当時の自然主義との間に、一方が稍贅沢で他方が稍つゝましやかだという以外に、何れだけの間隔が有るだろうか。新浪漫主義を唱える人と主観の苦悶を説く自然主義者との心境に何れだけの扞格《かんかく》が有るだろうか。淫売屋から出て来る自然主義者の顔と女郎屋から出て来る芸術至上主義者の顔と、其表れている醜悪の表情に何等かの高下が有るだろうか。少し例は違うが、小説『放浪』に描かれたる肉霊合致の全我的活動なるものは、其論理と表象の方法が新しくなった外に、嘗て本能満足主義という名の下に考量されたものと何れだけ違っているだろうか。

魚住氏は此一見収攬《しゅうらん》し難き混乱の状態に対して、極めて都合の好い解釈を与えている。曰く、「此の奇なる結合（自己主張の思想とデターミニスチックの思想の）名が自然主義である」と。蓋しこれ此状態に対する最も都合の好い、且最も気の利いた解釈である。然し我々は覚悟しなければならぬ、此解釈を承認する上は、更に或驚くべき大罪を犯さねばならぬという事を。何故なれば、人間の思想は、それが人間自体に関するものなる限り、必ず何等かの意味に於て自己主張的、自己否定的の二者を出づることが出来ないのである。即ち、若し我々が今論者の言を承認すれば、今後永久に一切の人間の思想に対して、「自然主義」という冠詞を付けて呼ばねばならなくなるのである。

此論者の誤謬は、自然主義発生当時に立帰って考えれば一層明瞭である。自然主義と称《とな》えらるゝ自己否定的の傾向は、誰も知る如く日露戦争以後に於て初めて徐々に起ってきたものであるに拘らず、一方はそれよりもずっと以前——十年以前から在ったのである。新しき名は新しく起った者に与えらるべきであろうか、果又《はたまた》それと前から在った者との結合に与えらるべきであろうか。そうして此結合は、前にも言った如く、両者共敵を有たなかった（一方は敵を有つべき性質のものでなく、一方は敵を有っていなかった）事に起因していたのである。別の見方をすれば、両者の経済的状態の一時的共通（一方は理想を有つべき性質のものではなく、一方は理想を失っていた）に起因しているのである。そうして更に詳しく言えば、純粋自然主義は実に反省の形に於て他の一方から分化したものであったのである。

かくて此結合の結果は我々の今日迄見て来た如くである。初めは両者共仲好く暮していた。それが、純粋自然主義にあっては単に見、而《しか》して承認するだけの事を、其同棲者が無遠慮にも、行い、且つ主張せんとするようになって、其処に此不思議なる夫婦は最初の、而して最終の夫婦喧嘩を始めたのである。実行と観照との問題がそれである。そうして其論争によって、純粋自然主義が其最初から限定されている画一線の態度を正確に決定し、その理論上の最後を告げて、此処に此結合は全く内部に於て断絶してしまっているのである。

（四）

斯くて今や我々には、自己主張の強烈な欲求が残っているのみである。自然主義発生当時と同じく、今猶理想を失い、方向を失い、出口を失った状態に於て、長い間鬱積してきた其自身の力を独りで持余しているのである。既に断絶している純粋自然主義との結合を今猶意識しかねている事や、其他すべて今日の我々青年が有っている内訌《ないこう》的、自滅的傾向は、この理想喪失の悲しむべき状態を極めて明瞭に語っている。――そうしてこれは実に「時代閉塞」の結果なのである。

見よ、我々は今何処に我々の進むべき路を見出し得るか。此処に一人の青年が有って教育家たらむとしているとする。彼は教育とは、時代が其一切の所有を提供して次の時代の為にする犠牲だという事を知っている。然も今日に於ては教育はたゞ其「今日」に必要なる人物を養成する所以に過ぎない。そうして彼が教育家として為し得る仕事は、リーダーの一から五までを一生繰返すか、或は其他の学科の何れも極く初歩のところを毎日々々死ぬまで講義する丈の事である。若しそれ以外の事をなさむとすれば、彼はもう教育界にいることが出来ないのである。又一人の青年があって何等か重要なる発明を為さむとしているとする。しかも今日に於ては、一切の発明は実に一切の労力と共に全く無価値である――資本という不思議な勢力の援助を得ない限りは。

時代閉塞の現状は啻にそれら個々の問題に止まらないのである。今日我々の父兄は、大体に於て一般学生の気風が着実になったと言って喜んでいる。しかも其着実とは単に今日の学生のすべてが其在学時代から奉職口の心配をしなければならなくなったという事ではないか。そうしてそう着実になっているに拘らず、毎年何百という官私大学卒業生が、その半分は職を得かねて下宿屋にごろ〳〵しているではないか。しかも彼等はまだ〳〵幸福な方である。前にも言った如く、彼等に何十倍、何百倍する多数の青年は、其教育を享ける権利を中途半端で奪われてしまうではないか。中途半端の教育はその人の一生を中途半端にする。彼等は実に其生涯の勤勉努力を以てしても猶且三十円以上の月給を取る事が許されないのである。無論彼等はそれに満足する筈がない。かくて日本には今「遊民」という不思議な階級が漸次其数を増しつつある。今やどんな僻村へ行っても三人か五人の中学卒業者がいる。そうして彼らの事業は、実に、父兄の財産を食い減す事と無駄話をする事だけである。

我々青年を囲繞《いじょう》する空気は、今やもう少しも流動しなくなった。強権の勢力は普く国内に行亘っている。現代社会組織はその隅々まで発達している。——そうして其発達が最早完成に近い程度まで進んでいる事は、其制度の有する欠陥の日一日明白になっている事によって知ることが出来る。戦争とか豊作とか饑饉とか、すべてある偶然の出来事の発生するでなければ振興する見込のない一般経済界の状態は何を語るか。財産と共に道徳心をも失った貧民と売淫婦との急激なる増加は何を語るか。果又今日我邦に於て、其法律の規定している罪人の数が驚くべき勢いを以て増して来た結果、遂に見す〳〵其国法の適用を一部に於て中止せねばならなくなっている事実（微罪不検挙の事実、東京並びに各都市に於ける無数の売淫婦が拘禁する場所が無い為に半公認の状態にある事実）は何を語るか。

斯くの如き時代閉塞の現状に於て、我々の中最も急進的な人達が、如何なる方面に其「自己」を主張しているかは既に読者の知る如くである。実に彼等は、抑えても〳〵抑えきれぬ自己其者の圧迫に堪えかねて、彼等の入れられている箱の最も板の薄い処、若くは空隙（現代社会組織の欠陥）に向って全く盲目的に突進している。今日の小説や詩や歌の殆どすべてが女郎買、淫売買、乃至野合、姦通の記録であるのは決して偶然ではない。しかも我々の父兄にはこれを攻撃する権利はないのである。何故なれば、すべて此等は国法によって公認、若くは半ば公認されている所ではないか。

そうして又我々の一部は、「未来」を奪われたる現状に対して、不思議なる方法によって其敬意と服従とを表している。元禄時代に対する回顧がそれである。見よ、彼等の亡国的感情が、其祖先が一度遭遇した時代閉塞の状態に対する同感と思慕とによって、如何に遺憾なく其美しさを発揮しているかを。

斯くて今や我々青年は、此自滅の状態から脱出する為に、遂に其「敵」の存在を意識しなければならぬ時期に到達しているのである。それは我々の希望や乃至其他の理由によるのではない、実に必至である。我々は一斉に起って先づ此時代閉塞の現状に宣戦しなければならぬ。自然主義を捨て、盲目的反抗と元禄の回顧とを罷めて全精神を明日の考察――我々自身の時代に対する組織的考察に傾注しなければならぬのである。

(五)

明日の考察！　これ実に我々が今日に於て為すべき唯一である、そうして又総てゞある。その考察が、如何なる方面に如何にして始めらるべきであるか。それは無論人々各自の自由である。然し此際に於て、我々青年が過去に於て如何に其「自己」を主張し、如何にそれを失敗して来たかを考えて見れば、大体に於て我々の今後の方向が予測されぬでもない。

蓋し、我々明治の青年が、全く其父兄の手によって造り出された明治新社会の完成の為に有用な人物となるべく教育されて来た間に、別に青年自体の権利を識認し、自発的に自己を主張し始めたのは、誰も知る如く、日清戦争の結果によって国民全体が其国民的自覚の勃興を示してから間もなくの事であった。既に自然主義運動の先蹤《せんしょう》として一部の間に認められている如く、樗牛《ちょぎゅう》の個人主義が即ち其第一声であった。（そうして其際に於ても、我々はまだ彼の既成強権に対して第二者たる意識を持ち得なかった。樗牛は後年彼の友人が自然主義と国家的観念との間に妥協を試みた如く、其日蓮論の中に彼の主義対既成強権の圧制結婚を企てゝいる。）

樗牛の個人主義の破滅の原因は、彼の思想それ自身の中にあった事は言うまでもない。即ち彼には、人間の偉大に関する伝習的迷信が極めて多量に含まれていたと共に、一切の「既成」と青年との間の関係に対する理解が遙かに局限的（日露戦争以前に於ける日本人の精神的活動があらゆる方面において局限的であった如く）であった。そうして其思想が魔語のごとく（彼がニイチェを評した言葉を借りて言えば）当時の青年を動かしたに拘らず、彼が未来の一設計者たるニイチェから分れて、其迷信の偶像を日蓮という過去の人間に発見した時、「未来の権利」たる青年の心は、彼の永眠を待つまでもなく、早く既に彼を離れ始めたのである。

この失敗は何を我々に語っているか。一切の「既成」を其儘にして置いて、其中に、自力を以て我々が我々の天地を新に建設するという事は全く不可能だという事である。斯くて我々は期せずして第二の経験――宗教的欲求の時代に移った。それは其当時に於ては前者の反動として認められた。個人意識の勃興が自ら其跳梁に堪えられなくなったのだと批評された。然しそれは正鵠を得ていない。何故なれば其処にはたゞ方法と目的の場所との差違が有るのみである。自力によって既成の中に自己を主張せんとしたのが、他力によって既成の外に同じ事を成さんとしたまでゞある。そうして此第二の経験も見事に失敗した。我々は彼の純粋にて且つ美しき感情を以て語られた梁川《りょうせん》の異常なる宗教的実験の報告を読んで、其遠神清浄なる心境に対して限りなき希求憧憬の情を走らせながらも、又常に、彼が一個の肺病患者であるという事実を忘れなかった。何時からとなく我々の心にまぎれ込んでいた「科学」の石の重みは、遂に我々をして九皐《かう》の天に飛翔する事を許さなかったのである。

第三の経験は言うまでもなく純粋自然主義との結合時代である。此時代には、前の時代に於て我々の敵であった科学は却って我々の味方であった。そうして此経験は、前の二つの経験にも増して重大なる教訓を我々に与えている。それは外ではない。「一切の美しき理想は皆虚偽である！」

かくて我々の今後の方針は、以上三次の経験によって略《ほぼ》限定されているのである。即ち我々の理想は最早「善」や「美」に対する空想である訳はない。一切の空想を峻拒して、其処に残る唯一つの真実――「必要」！　これ実に我々が未来に向って求むべき一切である。我々は今最も厳密に、大胆に、自由に「今日」を研究して、其処に我々自身にとっての「明日」の必要を発見しなければならぬ。必要は最も確実なる理想である。

更に、既に我々が我々の理想を発見した時に於て、それを如何にして如何なる処に求むべきか。「既成」の内にか。外にか。「既成」を其儘にしてか、しないでか。或はまた自力によってか、他力によってか、それはもう言うまでもない。今日の我々は過去の我々ではないのである。従って過去に於ける失敗を再びする筈はないのである。

文学――彼の自然主義運動の前半、彼等の「真実」の発見と承認とが、「批評」として刺戟を有っていた時期が過ぎて以来、漸くたゞの記述、たゞの説話に傾いて来ている文学も、斯くて復た其眠れる精神が目を覚して来るのではあるまいか。何故なれば、我々全青年の心が「明日」を占領した時、其時、「今日」の一切が初めて最も適切なる批評を享《う》くるからである。時代に没頭していては時代を批評することが出来ない。私の文学に求むる所は批評である。

（明治四十三年）

※原文は旧仮名遣いで書かれているが、読みやすさに配慮して、一部新仮名遣いに改めている。
また、適宜ルビを付している。

解説

評論手法の変化

「ローマ字日記」以後、啄木の評論活動はにわかに活発になってくる。たとえば、明治四十二年秋から約一年間にわたる評論活動中、新聞や雑誌に発表された主要なものとして、「百回通信」(『岩手日報』十月五日から十一月二十一日までの二十八回分)、「弓町より」(『東京毎日新聞』十一月三十日から十二月七日までの七回分)、「きれぎれに心に浮かんだ感じと回想」(『スバル』第一巻第十二号)、「文学と政治」(『東京毎日新聞』十二月十九日、二十一日)、「一年間の回顧」(『スバル』第二巻第一号)、「巻煙草」(『スバル』第二巻第一号)「性急な思想」(『東京毎日新聞』二月十三日から十五日までの三回分)、「硝子窓」(『新小説』第十五巻第六号)、「一利己主義者と友人との対話」(『創作』第一巻第九号)などが挙げられ、とりわけ明治四十二年の秋から冬にかけての短い時期に、集中して執筆していた様子がうかがえる。精力的な働きぶりからは、自らの考えを積極的に世に訴えようとしていたこの時期における啄木の姿勢が現れている。

啄木は以前から評論を書いていたが、「ローマ字日記」以後に書かれたものは、それまでとは明らかに異なる印象を受ける。この時期を代表する評論である「弓町より」と「きれぎれに心に浮かんだ感じと回想」を見てみよう。一読して気付かされるのは、評論の文体の変化と読みやすさである。この二編はなめらかでやさしい口語文で書かれており、あたかも随筆のように自らの身辺について語ることから始められている。内容は詩論・文学論であるが、その読みやすさは以前の評論には見られなかったもので、率直な語り口は読む者の心をつかむ。共感や感傷を誘うような随筆風の文章により、読者は啄木の評論世界に招き入れられ、読み進めるうちに自然と啄木の主張の核心に向かい合うところまで連れて行かれるのである。これは「ローマ字日記」において、等身大の自分に否応なく向き合い、それまで目を反らしていた弱さや恥部を自身の前にさらけ出す〈告白〉を経て、啄木が会得した新たな評論の手法といっても良いだろう。

また、このように身辺雑記を織り交ぜ、時に過去の自分への批判や告白を伴いながら書く手法は、啄木が評論の中でとる文学的立場を忠実に反映している。「弓町より」では「両足を地面に喰つ付けてゐて歌う詩」の重要性を訴え、あるいは「詩を尊貴なものとするのは一種の偶像崇拝」と厳しく批判しながら、日常生活から離れることのない文芸を目指す立場を主張している。これが身辺雑記風の文章で書かれることによって、机上の論理ではなく実生活の中から掴み取った考えであると伝わり、より説得力をもつ主張になっているのである。

かねてより「彼の評論は、そのことごとくが痛切な自己の告白にほかならぬ。あるいは、苦渋にみちた実生活上の『実験』によって裏付けられている」[1]と評されているように、明治四十二年秋以後の啄木の評論は、「ローマ字日記」の影響を色濃く残しながら書きつがれていったのである。

二重生活の克服へ

啄木が自己の生活を足がかりにしながら書いた文学評論の中で、最も強く訴えられているのが「二重生活」への嫌悪であり、また、それを統一することであった。たとえば「きれぎれに心に浮かんだ感じと回想」の中で、啄木は「二重の生活」に気付きながらも「二重三重の生活に何処までも沈んで行く」者や、「問題がより大きい時、或は其問題に真正面に立向ふ事が其時の自分に不利益である時、(中略)常に、何等かの無理な落着を拵へて自分の正直な心を胡麻化し、若くは回避しようとする」ことを厳しく批判している。同評論における長谷川天渓や田山花袋への批評もその二重性が問題視されているのだが、殊に長谷川天渓への批判においては、自然主義の立場と国家の関係における「胡麻化しを試みた」点に対し以下のように言及した。

自然主義者は何の理想も解決も要求せず、在るが儘を在るが儘に見るが故に、秋毫も国家の存在と牴触する事がないのならば、其所謂旧道徳の虚偽に対して戦つた勇敢な戦も、遂に同じ理由から名の無い戦になりはしないか。従来及び現在の世界を観察するに当つて、道徳の性質及び発達を国家といふ組織から分離して考へる事は、極めて明白な誤謬である――寧ろ、日本人に最も特有なる卑怯である。

日本において発達してきた「旧道徳」は国家とは切り離せない。ゆえに「旧道徳」と戦ってきた自然主義が、国家という存在に対しては抵触しないとする天渓の考え方は間違っているのだと啄木は言う。更に「日本人に最も特有なる卑怯」と付け加え、日本人の多くが、国家に対し容喙《ようかい》することを避けるかのように、国家と個人との間に距離を置く風潮になっている点を批判する。

ただし一方で、啄木自らが「国家について考へる事は、同時に『日本に居るべきか、去るべきか』といふ事を考へる事になつて来た」と述べている点には注意しなければならない。この時、啄木の脳裏には露西亜へ行った二葉亭四迷や樺太へ渡った岩野泡鳴のような進路選択が浮かんでいたのかもしれない。「きれぎれに心に浮かんだ感じと回想」は、「国家！　国家！　／国家といふ問題は、今の一部の人達の考へてゐるやうに、そんなに軽い問題であらうか？」の一節が名高いが、この時期における啄木はまだ、国家に対峙し戦いを挑む姿勢であるとは言い切れない。国家については、啄木自らが強く望む「二重の生活の統一」を阻むものとして真剣に考えていかねばならないと認識してはいるが、その段階でとどまっているのである。

しかし、天渓に向けたこの批判は、約二カ月後の「性急な思想」の中では「自然主義の運動なるものは、旧道徳、旧思想、旧習慣のすべてに対して反抗を試みたと全く同じ理由に於て、此国家といふ既定の権力に対しても、其懐疑の鋒尖を向けねばならぬ性質であつた」と、より明快に述べられるようになる。国家に対して「既定の権力」と称するなど注目すべき点が含まれている「性急な思想」が書かれたのは、「ローマ字日記」を終えてまだ八カ月ほどしか経っていない頃のことだ。「現在の夫婦制度――すべての社会制度は間違いだらけだ。予はなぜ親や妻や子のために束縛されねばならぬか? 親や妻や子はなぜ予の犠牲とならねばならぬか?」(四月十五日付「ローマ字日記」)と叫んでいるだけだった頃の啄木を振り返ってみれば、彼の思想の深化には驚かされる。「懐疑の鋒尖を向けねばならぬ」という表現で抑えてはいるものの、国家を「権力」と記す時点で、国家こそが「旧道徳、旧思想、旧習慣」に現れる抑圧的社会の機構を作りだす元凶、すなわち「我々の敵」(「時代閉塞の現状」)であるという認識を既に持っていたと考えてよい。だが、啄木には国家へ対峙するために何をなすべきか、必要な手続きが見えていなかった。今、彼の目の前にある手段は依然として自然主義だけなのである。

啄木は多くの評論で自然主義批判を繰り返したが、決して反自然主義者ではなかった。自然主義の不徹底に対する非難を繰り返すことは、自然主義が変わりうる可能性に対する期待の現れだともとれる。「旧道徳、旧思想、旧習慣」に対して抵抗してきた自然主義が「文学と現実の生活を近ける運動」（「硝子窓」）であったことを、これまでの啄木は決して否定しなかったのだ。けれども「性急な思想」から更に数カ月後には、明らかに評論の語り口はトーンダウンしていく。いつまでも同じ場所に居座る自然主義文学者への苛立ちは、自分の求める方向性に発展していかない文学そのものへの失望に繋がる。啄木の思考には、文学に対する諦めが入り混じるようになってしまうのだ。

文学の境地と実人生との間に存する間隔は、如何に巧妙なる外科医の手術を以てしても、遂に縫合する事の出来ぬものであつた。仮令我々が国と国との間の境界を地図の上から消して了ふ時はあつても、此の問題だけは何うする事も出来ない。／それがある為に、蓋し文学といふものは永久に其の領土を保ち得るのであらう。それは私も認めない訳には行かない。が又、それあるが為に、特に文学者のみの経験せねばならぬ深い悲しみといふものがあるのではなからうか。そして其の悲みこそ、実に彼の多くの文学者の生命を滅ぼすところの最大の敵ではなからうか。（「硝子窓」）

明治四十三年六月号の『新小説』に発表された「硝子窓」は、文学と実生活を統一しようとすることに限界を感じた啄木の内面を伝える評論である。啄木が文学に求めていたのは、至るところで抑圧を感じる実人生に積極的に関与し答えを出すことだったが、それを期待した自然主義はかつての輝きを失っている。個人を縛りつける家からの解放が望めるような、現実における制度の改正や社会改革も勿論なかった。文学上においても実生活上においても苦しい閉塞感に苛まれ、まさに「文学者の生命を滅ぼす」内面的危機を啄木は迎えていたのである。

大逆事件の始まりと啄木

「ローマ字日記」から約一年後、啄木は「文学的生活に対する空虚の感」(「硝子窓」)が極まり、文学について考えることすら嫌悪し始めていたが、再び前向きな姿勢を取り戻す。それを示すものが「時代閉塞の現状(強権、純粋自然主義の最後及び明日の考察)」(明治四十三年八月~九月稿、生前未発表)である。啄木はなぜ変わることができたのか、まずはこの原稿執筆の背景の重要性から確認しておかねばならない。

明治四十三年六月三日、社会主義者幸徳秋水が湯河原で拘引されたことが新聞で報じられた。いわゆる「大逆事件」に関する報道の始まりである。しかしこの事件に対して国民は詳細に知り得なかった。その事情を啄木はこのように説明している。

今度の事とは言ふもの丶、実は我々は其事件の内容を何れだけも知つてるのでは無い。秋水幸徳伝次郎といふ一著述家を首領とする無政府主義者の一団が、信州の山中に於て密かに爆裂弾を製造してゐる事が発覚して、其一団及び彼等と機密を通じてゐた紀州新宮の同主義者が其筋の手に検挙された。彼等が検挙されて、そして其事を何人も知らぬ間に、検事局は早くも各新聞社に対して記事差止の命令を発した。如何に機敏なる新聞も、唯叙上の事実と、及び彼等被検挙者の平生に就いて多少の報道を為す外に為方が無かつた。

（「所謂今度の事」）

おそらく、政府によって慌ただしく敷かれた報道規制によって、新聞社に勤めていた啄木は、今回の一件が無政府主義者による爆裂弾製造以上に特別の意味をもつ重要な事件であると察知したことだろう。[2] 啄木がこの事件にまつわる最も重要な事実――大逆事件を利用した当局が冤罪により幸徳秋水らを処刑し、社会主義者たちを弾圧した――を知るのはもう少し後のことである。だが「抑へても抑へきれぬ自己其者の圧迫に堪へかねて」（「時代閉塞の現状」）国家に対して直接的行動を起こそうとした者たちに、啄木が寄せる関心は深かったに違いない。啄木はまさに同じ時期、国家権力が深く関与している実生活の抑圧を克服すべき文学上の手続きについて、模索しつつも諦めかけていたのだ。

この事件を契機として、啄木は社会主義の文献を渉猟し始めた。こうした反応もまた、事件がに与えた衝撃の大きさと共に、見出しあぐねていた突破口を再び探そうとする彼の並々ならぬ意欲を伝えるものである。その後、短期間のうちに獲得した新たな見解を「所謂今度の事」（生前未発表）という評論に啄木はまとめたのであった。

国家に対する宣戦――「時代閉塞の現状」――

やがて爆裂弾製造事件に対する新聞報道は収束していったが、おそらく啄木の中でこの一件は燻り続けていたと思われる。そのような折、明治四十三年八月二十二、二十三日に『東京朝日新聞』文芸欄に魚住折蘆《うおずみせつろ》の評論「自己主張の思想としての自然主義」が発表された。魚住折蘆は夏目漱石の門下生であり青年大学派の一人で、この文芸欄に評論を数回寄稿していた人物である。そして、折蘆のこの発言に対する反論として書かれたものが「時代閉塞の現状」なのであった。

折蘆は「自己主張の思想としての自然主義」の中で、自然主義が自己否定的傾向と自己主張的傾向の相反する二つの側面を結合させていることについて、「オーソリテイ」という「共同の怨敵」をもつからだと言う。「オーソリテイ」とは国家、社会を指し、それが「自己拡充の念に燃えて居る青年に取つて最大なる重荷」となっていると述べ、さらに「吾等日本人に取つてはも一つ家族と云ふオーソリテイが二千年来の国家の歴史の権威と結合して個人の独立と発展とを妨害して居る」と、日本の家族制度が個人を抑圧している点を指摘している。このように「怨敵」を明らかにした上で、折蘆は、とりわけ自然主義の自己主張的精神の方に「同情の注目を注いで居る」とし、「自己拡充の結果を発表し、或は反発的にオーソリテイに戦ひを挑んで居る青年の血気は自分の深く頼母しとする処である」と自然主義文学に対して期待を寄せるのである。

自然主義と国家の問題、ここに折蘆と啄木の関心は接点をもつ。先に述べたように、啄木もまた自然主義と国家の関係について考えを巡らせていた。だが啄木は折蘆の主張には同調しない。折蘆は、「共同の怨敵」という「オーソリテイに戦ひを挑んで居る青年」が存在すると考えているが、啄木は「我々日本の青年は未だ嘗て彼の強権に対して何等の確執も醸した事が無いのある。従つて国家が我々に取つて怨敵となるべき機会も未だ嘗て無かつたのである」と反論する。また、折蘆の自己主張的自然主義への期待に対しても、「自然主義を捨て」「全精神を明日の考察——我々自身の時代に対する組織的考察に傾注しなければならぬ」と主張する。それこそが「時代閉塞の現状」に対する「宣戦」なのだ、と。

啄木の評論は、日本の現状認識において明らかに折蘆の評論の言及範囲を越えていた。たとえば、啄木が示した〈時代閉塞の現状〉すなわち「『未来』を奪われたる現状」には以下のような例が挙げられている。[3]

決まりきった教育内容を繰り返し講義することだけが求められ、教師がそれ以外に何かをしようとすれば追い出されてしまう教育界。資本が無い限り、どんなに重要であっても無価値なものにされかねない発明。在学時代から就職を心配しているため伸びやかさを抑制され、着実な気風にならざるを得ない学生。それにもかかわらず大学卒業生の半分は職が見つからない状態。どれほど勤勉努力しても収入が頭打ちになってしまう学歴社会。職に就かず家族の財産を食いつぶす毎日を送る「遊民」の増加。偶然の出来事でもなければ振興する見込みのない一般経済界。財産と道徳心を失った貧民や淫売婦の急激な増加。拘留する場所がなくなるほど罪人が増加したために、罪に問うことを一部中止せねばならない事態。あるいはまた、徴兵検査による兵役義務の負担、財産家の特権になって来た高等教育、高率の租税の費途（軍事費の増加）等々。

これらは「強権の勢力は普く国内に行亘つてゐる」現状のもたらした結果なのだと啄木は述べる。啄木の使用する「強権」という語は国家を指すが、彼の批評の見事な点は、まさにこの現実社会に対する幅広い目配りであり、それらが国家権力と不可分に結びついているとする鋭い洞察である。啄木の関心がこれほどまでに多様な現実問題へ向けられているならば、国家に対して及び腰になっていると見なした自然主義者たちの作る文学に、問題解決のための有効な力を期待することなどできないだろう。

啄木もかつては「自然主義運動の前半、彼等の『真実』の発見と承認」の中に〈批評〉を見ていた。「自然主義其物が単純な文芸上の問題でなかつた」（「硝子窓」）とも述べている。けれども最早、国家に対して「懐疑の鋒先」（「性急な思想」）を向けることをしなくなった自然主義文学は「『批評』としての刺激」をもっていないと考えている以上、折蘆の自然主義文学に対する期待論には拒否の声を上げるしかない。

「時代閉塞の現状」という評論は、魚住折蘆への反論という形をとってはいるものの、それだけで全体の論理が展開されているのではない。折蘆の自然主義文学論に対し、啄木は何よりも、自分たちの頭上に覆い被さる国家権力という強大な力にどのように対峙するのかを考えてこの評論を書いた。従って啄木と折蘆の争点は、自然主義が国家に対して有効性をもつか否かという点に限られる。

折蘆は「二千年来の国家の歴史の権威と結合して個人の独立と発展とを妨害して居る」家族制度という視点を持つことで、家族国家観に抵抗するものとして自然主義文学を認めた。[4]それに対し啄木は、そもそも「敵を有たなかつた」自然主義が、今や「思想の中心が何処にあるか解らない状態」であることを指摘し、自然主義を捨てよと述べる。「敵を有たなかつた」ことを啄木は理想を持たなかったと言い換えているが、その見方の背後には、啄木がかつて批判した長谷川天渓のような、「無理想無解決」を盾に国家の問題から離れようとする自然主義者の存在がある。つまり啄木は、理想がないゆえに敵もないとして国家と距離を置く自然主義者を見放したのだった。だから、以前には〈批評〉としての有効性を見出していた自然主義文学についても、当然認めなかったのである。

一方で、文学そのものに対する希望は変わってはいない。「時代閉塞の現状」でも、「たゞの記述、たゞの説話に傾いて来てゐる文学も、斯くて復た其眠れる精神が目を覚まして来るのではあるまいか」と期待されているように、文学が果たす役割を求めることを手放してはいないのである。ただしそれは、大日本帝国というこの国に生きる者による「明日の考察」、「『明日』の必要」の発見を抜きにしては語れない。言い換えれば、文学もまた国家に対しひるむことなき姿勢で臨むことが必要となるのだ。そういう意味で、啄木はこの国に生きる覚悟を「時代閉塞の現状」において問うていたのである。

1 猪野謙二「啄木の評論」(『石川啄木必携』学燈社　一九六六年十二月)
2 清水卯之助「大逆事件と啄木の認識過程」(『啄木研究』第六号　一九八〇年十月)では、啄木は明治四十三年六月下旬の時点で大逆事件と認識していたと分析している。
3 この例については『日本近代文学大系23　石川啄木集』(角川書店　一九六九年十二月)における今井泰子の注釈に拠った。
4 中山和子『中山和子コレクションⅡ　差異の近代』(翰林書房　二〇〇四年六月)

啄木の小説

『葉書』(明治四十二年十月)抜粋

自然主義全盛期、啄木は小説で生活を成り立たせることを目指したが、良い評価を得ることができなかった。「鳥影」が『東京毎日新聞』に連載されたことを除いては概ね苦闘続きの生活である。だが、「ローマ字日記」後に書き上げた小説には、啄木の思想や小説手法において興味深いものが多い。

ここで紹介する「葉書」(明治四十二年)は、尋常小学校を舞台に、代用教員・甲田が乞食にだまされ五十銭を与えたという小さな騒動を含む日常を描くが、特に同僚の女教師の描写が際立っており、啄木の変化が著しい作品である。

××村の小学校では、小使の老爺《おやぢ》に煮炊《にたき》をさして校長の田辺が常宿直をしていた。その代り職員室で用《つか》ふ茶代と新聞代は宿直料の中から出すことにしてある。宿直料は一晩八銭である。茶は一斤半として九十銭、新聞は郵税を入れて五十銭、それを差引いた残余の一円と外に炭、石油も学校のを勝手に用《つか》ひ、家賃は出さぬと来てるから、校長はどうしても月五円宛得《づつとく》をしている。その所爲《せい》でもあるまいが、校長に何か宿直の出来ぬ事故のある日には、此木田訓導に屹度《きつと》差支へがある。代理の役は何時でも代用教員の甲田に転《ころ》んだ。もう一人の福富といふのは女教員だから、自然と宿直を免れているのである。

（中略）

甲田はあははと笑つた。そして心では、対手《あいて》に横を向いて嗤《わら》はれたような侮辱を感じた。「畜生！　矢つ張り年を老つてる哩《わい》！」と思つた。福富は甲田より一つ上の二十三である。——これは二月も前の話である。

甲田は何時しか、考へるともなく福富の事を考へていた。考へると言つたとて、別に大した事ではない。福富は若い女の癖に、割合に理智の力を有《も》つている。相応に物事を判断してもいれば、その行ふ事、言ふ事に時々利害の観念が閃めく。師範学校を卒業した二十三の女であれば、それが普通《あたりまえ》なのかも知れないが、甲田は時々不思議に思ふ。小説以外では余り若い女といふものに近づいた事のない甲田には、何《ど》うしても若い女に冷たい理性などがありさうに思へなかつた。斯う思ふのは、彼が年中青い顔をしているヒステリイ性の母に育てられ、生来《うまれつき》の跛者《ちんば》で、背が低くて、三十になる今迄嫁にも行かずに針仕事許りしている姉を姉としている故《せい》かも知れぬ。彼は今迄読んだ小説の中の女で、「思出の記」に出ている敏子といふ女を一番なつかしく思つている。然し、彼が頭の中に描いている敏子の顔には何処の隅にも理性の影が漂つていない。浪子にしても「金色夜叉」のお宮にしても、矢張さうである。甲田は女の知情意の発達は、大抵彼処辺《あすこいら》が程度だらうと思つている。そして時々福富と話してるうちに自分の見当違ひを発見する。尤もこれが必ずしも彼を不愉快にするとは限らない。それから又、甲田は、尋常科の一二年には男より女の教師の方が可《い》いといふ意見を認めている。理由は、女だと母の愛情を以てそれらの頑是《がんぜ》ない子供を取扱ふ事が出来るといふのである。ところが、福富の教壇に立つている所を見ると、母として立つてるのとは何《ど》うしても見えない。横から見ても縦から見ても教師は矢張教師である。福富は母の愛情の代りに五段教授法を以て教へている。

　そんな事を、然し、甲田は別に深く考へているのではない。唯時々不思議なやうな気がするだけである。そして、福富がいないと、学校が張合がなくなつたやうに感じる。福富は滅多な風邪位では欠勤しないが、毎月、月の初めの頃に一日だけ休む。此木田は或時、『福富さんは屹度毎月一度お休みになりますな。』と言つて、妙な笑ひ方をした。それを聞いて甲田も、成程さうだと思つた。すると福富は、『私は月経が強いもんですから。』と答へた。甲田は大変な事を聞かされたやうに思つて、見ていると、女教師はそれを言つて了《しま》つて少し経つてから、心持顔を赤くしていた。福富の欠勤の日は、甲田は一日物足らない気持で過して了ふ。それだけの事である。互に私宅《うち》へ訪ねて行く事なども滅多にない。彼は、この村に福富の外に自分の話対手がないと思つている。これは実際である。そして、決してそれ以上ではないと思つている。人気《ひとけ》のないやうな、古い大きい家にいて、雨滴《あまだれ》の音が耳について寝られない晩など、甲田は自分の神経に有機的な圧迫を感じて、人には言はれぬ妄想を起すことがある。さういふ時の対手は屹度福富である。肩の辷《すべ》り、腰の周りなどのふつくらした肉付を想ひ浮べ乍《なが》ら、幻の中の福富に対して限りなき侮辱を与へる。然しそれは其時だけの事である。毎日学校で逢つてると、平気である。唯何となく二人の間に解決のつかぬ問題があるやうに思ふ事のあるだけである。そして此問題は、二人限《きり》の問題ではなくて、「男」といふものと「女」といふものとの間の問題であるやうに思つている。時偶《ときたま》母が嫁の話を持ち出すと、甲田は此世の何処かに「思出の記」の敏子のやうな女が居さうに思ふ。福富といふ女と結婚の問題とは全く別である。福富は角ばつた顔をした、色の浅黒い女である。

福冨は、毎日授業が済んでから、三十分か一時間位づつオルガンを弾く。さうしてから、明日の教案を立てたり、その日の出席簿を整理したりして帰つて行く。福富は何時の日でも、人より遅く帰るのである。甲田は時々田辺校長から留守居を頼まれて不服に思はないのは之がためである。甲田は煙管の掃除をし乍ら、生徒控所の彼方《むかう》の一学年の教室から聞えて来るオルガンの音を聞いて居た。バスの音《おん》とソプラノの音とが、即《つ》かず離《はな》れずに縺《もつ》れ合つて、高くなつたり低くなりして漂ふ間を、福富の肉声が、浮いたり沈んだりして泳いでいる。別に好い声ではないが、円みのある、落着いた温かい声である。『――主ウのー手エにーすーがーれエるー、身イはー安ウけエしー』と歌つている。甲田は、また遣つてるなと思つた。

福富はクリスチヤンである。よく讃美歌を歌ふ女である。甲田は何方《どっち》かと言へば、クリスチヤンは嫌ひである。宗教上の信仰だの、社会主義だのと聞くと、そんなものは無くても可《い》いやうに思つている。そして福富の事は、讃美歌が好きでクリスチヤンになつたのだらうと思つている。或時女教師は、どんなに淋しくて不安心なやうな時でも、聖書を読めば自然と心持が落着いて来て、日の照るのも雨の降るのも、敬虔な情を以て神に感謝したくなると言つた。甲田は、それは貴方が独身でいる故だと批評した。そして余程穿《うが》つた事を言つたと思つた。すると福富は、真面目な顔をして、貴方だつて何時か、屹度神様に縋《すが》らなければならない時が来ますと言つた。甲田は、そんな風な姉ぶつた言振《いひぶり》をするのを好まなかつた。

（中略）

その翌日である。恰度授業が済んで職員室が顔揃ひになつたところへ、新聞と一緒に甲田へ宛てた一枚の葉書が着いた。甲田は、「〇〇市にて、高橋次郎吉」といふ差出人の名前を見て首を捻《ひね》つた。裏には斯う書いてあつた。

My dear Sir, 閣下の厚情万謝々々。身を乞食にやつして故郷に帰る小生の苦衷御察し被下《くだされ》度《たく》、御恩は永久に忘れ不申候《まおさず》。昨日御別れ致候後、途中腹痛にて困難を極め、午後十一時漸《ようや》く当市に無事安着仕候。乍他事《たじながら》御安意被下度《くだされたく》候。何れ故郷に安着の上にて Letter を差上げます。末筆乍ら I wish you a happy.

六月二十八日午前六時〇〇市出発に臨みて。

甲田は吹出した。中学の三年級だと言つたが、これでは一年級位の学力しかないと思つた。此木田老訓導は、『何うしました？ 何か面白い事がありますか？』と言ひ乍ら、立つて来てその葉書を見て、

『やア、英語が書いてあるな。』と言つた。

甲田はそれを皆《みんな》に見せた。そして旅の学生に金を呉れてやつた事を話した。〇〇市へ行くと言つて出て行つて、密《こっそ》り木賃宿へ泊つて行つた事も話した。終ひに斯う言つた。

『矢張気が咎《とが》めたと見えますね。だから途中で腹が痛くて困難を極めたなんて、好加減な嘘を言つて、何処までもあの日のうちに〇〇に着いたやうに見せかけたんですよ。』

『然し、これから二度と逢ふ人でもないのに、何うしてこの葉書なんか寄越したんでせう？』と田辺校長は言つた。そして、『何うい ふ積りかな。』と首を傾《かし》げて考へる風をした。

葉書を持つていた福富は、この時『日附は昨日の午前六時にしてありますが、昨日の午前六時

なら恰度此村《ここ》から立つて行つた時間ぢやありませんか。そして消印《スタンプ》は今朝の五時から七時迄としてありますよ。矢張今朝〇〇を立つ時書いたんでせうね。』と言つた。

すると此木田が突然《いきなり》大きい声をして笑ひ出した。

『甲田さんも随分好事《ものずき》な事をする人ですなあ。乞食していて五十銭も貰つたら、俺だつて歩くのが可厭《いや》になりますよ。第一、今時は大抵の奴あ英語の少し位噛つてるから、中学生だか何だか、知れたもんぢやないぢやありませんか。』

この言葉は、甚《ひど》く甲田の心を害した。たとへ対手が何にしろ、旅をして困つてる者へ金を呉れるのが何が好事なものかと思つたが、たゞ苦笑ひをして見せた。甲田は此時もう、一昨日金を呉れた時の自分の心持は忘れていた。対手が困つてるから呉れたのだと許り信じていた。

『いや、中学生には中学生でせう。真箇《ほんと》の乞食なら、嘘にしろ何にしろこんな葉書まで寄越す筈がありません。』と校長が口を出した。『英語を交ぜて書いたのは面白いぢやありませんか、初めのマイデヤサーだけは私にも解るが、終《しま》ひの文句は何といふ意味です？　甲田さん。』

『私は貴方に一つの幸福を欲する——。でせうか？』と福富は低い声で直訳した。

此木田は立つて帰りの仕度をし乍ら、

『仮に中学生にしたところで、態々《わざわざ》人から借りて呉れてやつて詭《だま》されるより、此方《こちとら》なら先づ寝酒でも飲みますな。』

『それもさうですな。』と校長が応じた。『呉れるにしても五十銭は少し余計でしたな。』

『それぢやお先に。』と、此木田は皆に会釈した。と見ると、甲田は先刻《さつき》からのムシヤクシヤで、今何とか言つて此の此木田父爺《ぢぢい》を取絞《とつちめ》てやらなければ、もうその機会がなくなるやうな気がして、口を開きかけたが、さて、何と言つて可《よ》いか解らなくつて、徒《いたづ》らに目を輝かし、眉をぴりぴりさした。そして直ぐに、何有《なあに》、今言はなくても可いと思つた。

此木田は帰つて行つた。間もなく福富は先刻《さつき》の葉書を持つて来て甲田の卓《つくえ》に置いて、『年老《と》つた人は同情がありませんね。』と言つて笑つた。そして讃美歌を歌ひに、オルガンを置いてある一学年の教室へ行つた。今日は何か初めての曲を弾くのだと見えて、同じところを断々《きれぎれ》に何度も繰返してるのが聞えた。

それを聞いていながら、甲田は、卓の上の葉書を見て、成程あの旅の学生に金を呉れたのは詰らなかつたと思つた。そして、呉れるにしても五十銭は奮発し過ぎたと思つた。


（『スバル』明治四十二年十月号）

※原文は旧仮名遣いで書かれているが、読みやすさに配慮して、一部新仮名遣いに改めている。
また、適宜ルビを付した。

解説

「ローマ字日記」以後の小説の特徴

啄木の小説はあまり面白くない。これが一般に言われている評判である。短歌や評論あるいは詩など、小説以外のジャンルには啄木の名を文学史に刻むテクストが残されているのに対し、石川啄木の名で書かれた小説のタイトルを一体どれだけの人が挙げられるだろうか。若い啄木がどれほど必死に小説に取り組んでいたかということもまた、知る人はそう多くないだろう。（参照コラム「小説と格闘する」）

啄木の小説のうち最も高い評価を受けているのが、明治四十三年五月から六月にかけて書かれたとされる「我等の一団と彼」（生前未発表）である。これは、明治の社会における様々な問題点を暴き、それらを鋭く批判する人間の生きづらさを描き出している「思想小説」[1]で、執筆が大逆事件の始まりの時期に重なることもあり、事件が啄木に与えた影響や啄木自身が当時抱いていた思想について、考察のヒントを多く与えてくれるものでもある。

この頃の啄木は、小説を書く目的を明確に意識しており、「我等の一団と彼」については、その目的を「現代の主潮に置いた」（明治四十三年六月十三日　岩崎正宛書簡）と書き残していた。啄木自らは「も一度これを書き直す時間が有るとすれば、これは僕が今迄に於て最も自信ある作だ」（前掲書簡）と述べているが、この小説が高く評価される点として、登場人物の会話の中で示されている「現代の主潮」に向ける批判をまず挙げることができるだろう。特に、高橋彦太郎という新聞記者の言葉に、同時代に対する冷めた分析と厳しい意見が集中して現れている。「我等の一団と彼」では、一作全体のうち高橋の会話部分が占める割合が多く、それを新聞記者仲間の日常的な交流の中で描く一方で、劇的な事件や大きな場面展開はない。言い換えれば、ストーリーやプロットの面白さを堪能する小説ではないのだが、その分高橋という登場人物が際立ち、読者の注目を集めるのである。

実は、「ローマ字日記」以後、中絶することなく書き上げられた啄木の小説は、全部似たような傾向を持っている。明治四十二年十月号の『スバル』に発表された「葉書」、明治四十三年四月号の『新小説』に掲載された「道」は、どちらも小学校の日常を舞台にした物語だが、事件と呼べるような出来事は起こらない。淡々とした日常の描写の中で、それゆえにこそ登場人物たちの存在に読者の目が注がれることになる。この二作に共通するのは、批判的でシニカルに周囲の人間を観察する主人公のまなざしによって、他の登場人物たちの像が立ち上げられている点だ。そのまなざしが捉えた人物のうち、とりわけ興味深い存在が「葉書」に登場する女教師の福富なのである。

「葉書」に描かれた女性像

福富という人物に注目すること――実は彼女こそが「ローマ字日記」を挟んだ前後における啄木の変化の一面を、最も顕著に表わす存在といってよい。[2] 啄木の残した小説には女教師を登場させているものが多く、女教師たちは「聖女」タイプと「烈女」タイプに分類することができる。ここでは「聖女」タイプを、性格が善良で温かい情を持ち、主人公の男に対して殆ど盲目的な尊敬の念を抱いている女、「烈女」タイプを、自分の感情や考え方、あるいは欲求に従うことを優先するため、男の抱く固定的な女性観から逸脱する傾向をもつ女とするが、「ローマ字日記」前の啄木の小説では「聖女」タイプを肯定的に評価し続け、「烈女」タイプには悪女のレッテルを貼っていた。しかし、このような女教師観が「葉書」で変化するのである。

「葉書」では代用教員の甲田という男を視点人物としており、甲田が関心を持って同僚の福富を観察する。当時、女教師は小学校低学年の生徒に対し母親の愛情をもって教えることを期待されていたが、福富は母としてではなく教師として、「五段教授法」という教育理論に基づいて教えている。そのほかの面においても福富は甲田の女性観を揺さぶる存在であり、甲田は彼女から「横を向いて嗤はれたような侮辱」を与えられたと感じる時もある。

甲田が「一番なつかしく思つている」女は、明治時代に多くの読者を夢中にさせた、徳富蘆花作『思出の記』の登場人物、敏子であった。けれども甲田は、「何処の隅にも理性の影が漂つてゐない」、「女の智情意の発達は、大抵彼処辺が程度だらう」というように、自分の結婚相手として思い浮かべる敏子に対して軽んじた意見も持っているのである。一方で福富については、「若い女の癖に、割合に理知の力を有つてゐる。相応に物事を判断してもゐれば、その行ふ事、言ふ事に時々利害の観念が閃く」とみているが、福富を結婚相手としては全く考えない。ただ、福富が欠勤の日は「一日中物足らない気持ち」で過したり、村の中では福富以外に自分の話し相手はいないと思っている。敏子と福富に対する甲田の見方の違いには、どのような女が結婚にふさわしいと考えられていたのかがはっきりと示されている。妻にするならば、男のもつ女性観の枠内に収まるような女が望まれるのだが、結婚を抜きにして考えるならば、旧来の男女観から抜け出せない甲田のような男においても、福富は対等な相手として求められるのだ。

「葉書」の後半では、旅の途中の中学生の乞食が、甲田たちの勤務する小学校を訪れて金銭を乞い、甲田が五十銭を与えるという小さな出来事が中心となるが、この場面でも福富の確かな力と存在感が示される。乞食の嘘を見破り、校長の読めない英文を読み、乞食に騙された自分の行為を訓導に笑われて憤慨する甲田に慰めの言葉をかけるのは、すべて福富である。

福富という人物の描写からは、固定化された男女観や性別役割分担に拘束されず、地に足を付けて自分に正直に生きる女に対する啄木の肯定的な評価を見出すことができるだろう。また、彼女と甲田との関係からは、結婚という制度にとらわれない新しい男女の在り方も示唆される。無論、そうした新しさは決して女の変化だけで求められるものではない。福富だけでなく、甲田の意識もさらに変わっていかなければ、開かれ始めた男女の新しい関係も再び閉じることになってしまうだろう。「葉書」の中での甲田は完全に旧来の男女観から自由になってはいないが、福富の存在に惹きつけられるその姿には変化の兆しが感じとれるのではないだろうか。

この兆しは、啄木においてもまた同様である。「ローマ字日記」以前には、小説の中で「聖女」タイプの女教師だけを肯定してきた啄木が、「烈女」タイプに属する福富を評価するといった変化に、彼自身の女性に対する認識も変わり始めたと見てよいだろう。「葉書」について言及した啄木の言葉は一切残されていないけれども、近代の結婚制度や家族制度と規範化された旧来の男女観が不可分の関係にあることに啄木は気付き始めている。啄木自身の日常において、夫婦関係や家族のあり方が変わるまでにはまだ遙かな道のりがあったが、その過程に「葉書」という小説は位置しているのである。

1　上田博「小説」『石川啄木事典』（おうふう、二〇〇一年九月）
2　「葉書」の考察を含む啄木の女性観の変化については、拙稿「石川啄木の女性意識」『明治大学大学院文学研究論集』第一号（一九九四年十月）で分析している。

啄木と現代の若者　―あとがきにかえて―

現代の若者は啄木を知っているか

石川啄木は一九一二（明治四十五）年四月にこの世を去っている。現在からおよそ百年前のことである。百年の時の隔たりとなると、遙か昔という印象があるかもしれない。しかし一方で、遙か昔の人物の生きざまに感動したり、共感したりする経験が私達には少なからずある。たとえば明治維新の立役者たちや戦国武将などについて、生き方の理想や目標とする、あるいは仕事上でのヒントを見出すといったことは現代でもよく聞く話である。

では、石川啄木についてはどうか。百年前に二十六歳で亡くなったこの歌人は、現代の私達にどのようなアクチュアリティをもって関わっているだろうか。残念ながら石川啄木は、一部を除いて、現代では熱心に受容されているようには思えない。もちろん、啄木の短歌が好きだという人、歌集をはじめとする啄木の作品を愛読している人は存在するだろう。だが私見では、そうした人は六十代以降の世代に多いようだ。それに比べて特に十代、二十代の若者からは、「啄木が好きだ」「啄木の歌集を読んだことがある」といった反応がかえってくることはあまりない。学校教育課程で学ぶ機会の多い「石川啄木」という名前は多くの若者が知っていると思うが、その段階でとどまってしまうのは、啄木と現代を繋ぐ回路が見出しにくいからではないだろうか。

啄木は早世したが、その短い生涯は現代に生きる私達の心にも強く訴えかけるものに満ちている。無論百年という時の隔たりは歴然としてあり、時代状況も価値観も今とは異なる時代に彼は生きた。ことに晩年の啄木や家族を苦しめた結核については、現代では治癒が可能な病であるため、どれほどの絶望を味わったかということについて、私達は想像を巡らせるしかない。だが、それにもかかわらず、啄木の人生は遙か遠くに感じるほど現代の若者と掛け離れてはいないのだ。たとえば、一人の少女と熱烈な恋愛をし、生活費を稼ぐことも経験しない年齢で結婚したこと。自分の夢を心の中にしまいこんで、家族の生活を支えるために働きに出たこと。転職を何度も繰り返しながら、自分の居場所は別のところにあると思い続けていたこと。ようやく夢に向かってスタートをきれたのに、思うようにいかず度重なる失望と挫折を経験していること。啄木の人生上に起こったこのような出来事は、現代の若者の人生においても起こり得るものではないだろうか。

啄木は明治時代に生を享けた者として懸命に生き、そして死んでいった。それは平成の若者達一人一人が、自分の人生を生きていくことと何ら変わりはない。だからこそ、等身大の青年としての啄木の姿を通し、現代の私達は自己を振り返り、また彼の人生から何かを学び取ることができるのだと思う。

戦前の若者たちの啄木受容

石川啄木といえば歌集『一握の砂』『悲しき玩具』があるが、生前の彼は今ほど高名な人物であったのではない。歌人・窪田空穂の記憶によれば「死の直前直後の石川啄木の評価は、後年におけるそれとは、比較にならないほど低いものであった」という。しかし死後に、公表されていなかった著作物が刊行されるにつれて、その名は次第に広まっていった。中でも啄木の評価を高めるのに影響力を持ったのは、『驢馬』(昭和元年十一月号)に発表された中野重治の「啄木に関する断片」である。この論文の中で中野は啄木を「革命的詩人」と呼び、とりわけ評論「時代閉塞の現状」に注目しながら社会主義者としての啄木像を屹立させた。「われらの愛する啄木を盲目的曲解者どもから奪還せしめよ」といった中野の激しい論調の背景には、大正時代末期から勢いを増したプロレタリア文学の隆盛を見ることができる。だが、一般読者としての若者達は啄木を同じように捉えていたのだろうか。

啄木が亡くなって十八年後の昭和五年八月、啄木の娘石川京子の夫で新聞記者でもあった石川正雄が「呼子と口笛社」を立ち上げ、石川啄木研究雑誌として『呼子と口笛』を発行した。創刊号の編集後記には刊行の目的として「十八年前我々に呼びかけた啄木の言葉の数々は我等のゼネレーシヨンに対する正しき指針でなかつたか」、「啄木を愛する事は彼を正しく理解する事である。正しく理解する事は、この混沌たる現代にあつて我等が如何なる態度と認識をもつて処して行くべきか知る事である」と書かれている。婉曲的な表現ではあるものの、この言葉には啄木の社会主義に対する理解を『呼子と口笛』の読者が継承し、さらに思想的に発展させていきたいという意図が込められている。けれども現実には、そのような雑誌創刊の目的にかなう読者ばかりではなかった。『呼子と口笛』の読者の中には啄木に親しんだ若者達が多数存在していたが、むしろ彼らなりに啄木を受け止めていたと言えるだろう。

雑誌には創刊号から毎号続く「啄木を知つた動機」という読者投稿欄があり、各地の若者たちが、啄木の作品とどのように出会ったか、啄木を知った時に自分が置かれていた状況はどのようなものだったのかなどを語っていた。若者たちの傾向は大きく二つに分けられる。一つは青春時代にふさわしい感傷的な歌を好む傾向、もう一つは自分の今ある状況を励ますものとして啄木の作品を読む傾向である。前者では啄木短歌を愛吟する学校の教師から教わったという者が目立つ。後者は苦労人とでもいうべき層で、たとえば貧しい農民であったり、工場労働者、小学校教員、店員といった職に従事し、問題を抱えて疲労している者である。家庭的に恵まれていない、養父母に育てられた、病弱で入退院を繰り返す、肺結核で死を身近に感じているといった事情を持っている者もいる。中には、労働環境に対する不満ゆえに思想を転向した者、階級運動闘争家と名乗る者もある。

もちろん投稿の掲載について編集側の意図があった可能性は否定できないが、後者のような何らかの形で恵まれない環境にいる若者たちの共感・共鳴が、啄木に多く寄せられていたことは間違いない。けれども、彼らと、プロレタリア文学隆盛を背景にした文学界における啄木の評価や、『呼子と口笛』出版側の目的の間には温度差があった。時に思想的な主張を述べる者もいたが、読者の多くは啄木の作品を自分の心情に寄り添ってくれるものとして愛し、自分を励ましてくれる存在として啄木を受け入れていたのだ。当時の若者達にとって、啄木は身近だった。啄木を自分達と変わらない青年として見ていたからこそ、そうした受け入れ方をしていたのである。

現代の若者に対し啄木が教えてくれるもの

それでは、啄木は現代社会においてどのように身近な存在になりうるのか。そのキーワードはやはり「現代の若者の抱える閉塞感」であろう。繰り返すが、啄木は明治時代の人間である。明治時代と平成の今日では、制度や構造、コミュニティのありかたなど社会全体に異なる点があるので、啄木の経験した「貧困」「閉塞感」に苦しむ生活が完全な形で現代社会に一致するのではない。けれども、抜け出すことのできない苦しい生活の中で、目標すら見失ってしまいそうな絶望感にもがき、苦しみ、時に逃げ出し、時に死を考えながら、やがて自分のやるべき「仕事」を発見するにいたった啄木の姿は、将来への展望を見出しにくい現代の若者にも今後の生き方のヒントをもたらすのではないだろうか。

二〇一一年十二月現在、日本全体で生活保護を受けている人は二〇五万人を越えて、戦後最多を記録しているという。ブランド品の広告が載る新聞に、日本における貧困の記事が同時に掲載されていることも珍しくはない。貧困は確実に拡大しつつあり、格差は社会問題となっている。しかし、この新聞のありように見られるように、格差は一方で容認されているのが現状である。こうした社会において、現代の若者が立たされている苦境は最早一部の人間だけに限られたものではなく、「努力が足らない」「自己責任」といった言葉で説明しきれるものでもない。現在は、不安定な雇用状態の中で先が見通しにくい社会となっている。今は大丈夫であっても安定した生活からいつ排除され、辛酸をなめることになるかわからないのだ。

しかし、それにもかかわらず、「自己責任」を追及する日本社会では個人の社会や制度に対する異議申し立ては抑圧傾向にある。日常において不満は言っても、結局は個人の努力次第なのだと本人も周囲も思い込み、多くの者は異議申し立てをする前に自分のささやかな日常に閉じこもってしまうのである。けれどもすべてを個人に帰することは、社会制度の硬直化をよび、ますます生きにくい社会になっていくだけだろう。

一体、私達はどのような手立てをもってこの社会を生き抜けばよいのだろうか。たとえば海外においては、デモが若者達の主張を訴える一つの手段となっている国もある。日本では特別視されがちなデモであるが、そうした国では若者達の政治文化の成熟があるともいわれている。デモに限らず、一人一人が政治文化を身近なものとして育ち、ごく当たり前に国家や社会について考察できることは望ましい状態といえよう。なぜならば自分が生きる社会に関心を持つことは、その社会を良くする一歩に繋がるからである。

それでは政治文化をどこで、どうやって学べばよいのだろうか。それはどこかで学ぶというよりも日常の中での姿勢を通して大人から子供へと伝えられ、培われていくもののように思われる。身近なモデルから自然と吸収していくものなのではないだろうか。けれども、現代日本では、最早大人たちが身近なところで若者達にそのようなロールモデルを示してくれる存在ではなくなっている。

そのような時に代わりとなるのが先人の生き方であろう。人により誰にモデルを見出すかは様々であるが、二十六歳で亡くなった石川啄木だからこそ今の若者にも身近な存在になりうると考える。二十代で亡くなるということは、その文学、その思想、その生き方の上で未完成、未成熟のまま終わってしまったともいえる。しかし、だからこそ啄木は現代の若者にとって等身大の存在になるのではないだろうか。「ローマ字日記」は本音と日常生活をさらけ出し、挫折に苦しみ続け、どん底に落ちる一歩手前に立つ青年啄木を如実に伝える。しかし、そうした自分を見つめる期間を経たことが、後の彼の生き方や文学、思想を変えていったのである。

啄木は夢を描きつつ、生活の為にその夢に忠実に生きることができなかった。冒険がしたくてもそれが許される家庭環境ではなかった。夢も冒険も、啄木は現実の生活のすべてを犠牲にして追いかけることができなかった。そのような啄木の状態と、現代の若者の状態には似ているところがある。常に厳しい現実を意識する中で、夢を大きく描こう、冒険しようと呼びかけられても、若者達には空しく響くだけかもしれない。けれども啄木は、自らの歯止めとなったこの現実を見据えることで、閉塞した日常の突破口を見出し始めたのである。ならば、このような啄木にふれることで、現代に生きる若者達もまた自分を見つめ直し、自らの人生を切り拓くきっかけを掴むことが可能になるのではないだろうか。

石川啄木年表

年号	年齢	年月	主な出来事
1886年（明治19年）		2月20日	岩手県南岩手郡日戸村（現・盛岡市玉山区日戸）曹洞宗日照山常光寺にて、住職である石川一禎の長男として生まれ、一と名付けられる（一説には、明治十八年十月二十七日生まれとされている）。誕生時、父一禎と母カツは別戸籍にあったため、啄木は母方の工藤姓を名乗った。兄弟に姉サダ、次姉トラ、妹光子。
1887年（明治20年）	1歳	3月6日	父一禎の北岩手郡渋民村宝徳寺住職への転出に伴い、一家で渋民村に転居する。
1891年（明治24年）	5歳	5月2日	渋民尋常小学校に入学。
1892年（明治25年）	6歳	9月3日	母カツが石川家に入籍。以後、啄木は石川姓となる。
1895年（明治28年）	9歳	3月	渋民尋常小学校を首席で卒業。
		4月2日	盛岡高等小学校へ入学。同校の校長は後に「岩手日報」の主筆となる新渡戸仙岳。盛岡市仙北組町の母方の伯父、工藤常象宅に寄寓。翌年から母方の伯母、海沼イエ宅に移る。
1898年（明治31年）	12歳	4月18日	岩手県盛岡尋常中学校の入学試験に合格。百二十八名中十番の成績。二十五日、入学。
1899年（明治32年）	13歳	4月	二年に進級。一年修了時の成績は百三十一名中二十五番。この年、私立盛岡女学校に通う堀合節子と出会う。
		11月1日	担任の富田小一郎教諭が級友会を「丁二会」と名付ける。会の雑誌を発刊するなどの活動をする。

1900年（明治33年）	14歳	4月	三年に進級。二年終了時の成績は百四十名中四十六番。啄木は後のユニオン会となる級友との親睦会を作る。一九〇二年一月にはユニオン会の友人と岩手日報の号外を売り、その利益を足尾鉱山の災害民に義捐金として送るなどの活動をする。
		7月	富田教諭と級友七名と共に南三陸沿岸方面を旅行する。
1901年（明治34年）	15歳	2月25日	教員の欠員と内輪もめに対し校内刷新運動が盛り上がり、二十六日には所属する丁三年級もストライキに合流が決議される。二十八日、啄木と阿部修一郎、佐藤二郎の起草した具申書を校長に提出。ストライキは県知事により収束。
		4月	四年に進級。三年終了時の席次は百三十五名中八十六番。
		9月21日	「爾伎多麻」第一号発行。翠江の署名で美文「あきの愁ひ」、短歌「秋草」と題する三十首を掲載。
		12月3日	同日より翌一九〇二年の元旦にかけて、岩手日報に「白羊会詠草」二十五首を翠江の筆名で掲載する。初めて活字化された作品となる。
1902年（明治35年）	16歳	4月	五年に進級。四年終了時の成績は百十九名中八十二番。
		4月17日	四年生の三学期末の試験で不正行為を行ったため、譴責処分に附される。
		7月15日	第一学期末試験で再び不正行為を行ったとして、譴責責処分を受ける。
		10月1日	「明星」に「血に染めし歌をわが世のなごりにてさすらひここに野にさけぶ秋」が白蘋名で掲載。
		10月27日	「家事上の都合」を理由に盛岡中学校に退学願を提出、承認。
		10月30日	文学で身を立てるため、渋民村を出発する。三十一日、盛岡から上京。

		11月1日	上野駅に到着。盛岡中学校の先輩、細越夏村を訪問。二日、紹介で小石川の大館みつ方に寄宿。
		11月9日	夏村に連れられ、牛込神楽町の城北倶楽部での新詩社の集まりに参加。翌十日には豊多摩郡渋谷村の新詩社に与謝野鉄幹、晶子夫妻を訪問。上京後、歌作や大橋図書館に通い書を読む日々を過ごす。
1903年（明治36年）	17歳	2月26日	体調を崩し、生活も窮乏したため、父一禎に迎えられて東京を発ち、二十七日帰郷。
		11月1日	「明星」の社告に、石川白蘋を新詩社同人に迎えたことが掲載。
		12月1日	「明星」に石川啄木の名で「愁調」五編が掲載。
1904年（明治37年）	18歳	1月14日	節子との婚約について堀合家の同意を得る。二月三日婚約。
		2月10日	日露戦争勃発。三月三日より日露戦争に関する評論「戦雲余録」を岩手日報に八回連載。
		10月31日	処女詩集刊行のため上京。
		12月26日	父一禎、宗費百十三円余を滞納し、曹洞宗宗務院より住職罷免の処分を受ける。
1905年（明治38年）	19歳	3月2日	一家は宝徳寺を出て、渋民村大字芋田に転居。このころ故郷の便りで父の罷免を知る。
		5月3日	小田島書房より処女詩集『あこがれ』（定価五十銭）を刊行。
		5月12日	父一禎が、啄木と節子の婚姻届を盛岡市役所に提出。
		5月20日	結婚式のため離京。帰途、啄木は仙台で下車し二十九日まで滞在。
		5月30日	新郎啄木が欠席のまま結婚式を挙げる。
		6月4日	盛岡市帷子小路にて両親と妹光子とともに新婚生活を始める。

1905年（明治38年）	19歳	9月5日	主幹・編集人として、文芸誌「小天地」一号を発行。岩野泡鳴、正宗白鳥、与謝野鉄幹らの作品を掲載。二号の原稿が集まるが、啄木の病気と資金不足の為、一号のみの発刊となる。
1906年（明治39年）	20歳	2月16日	函館訪問。函館駅長となった義兄山本千三郎（次姉トラの夫）宅を訪ね、しばらく滞在。
		2月25日	長姉田村サダが嫁ぎ先の秋田県鹿角郡で肺結核のため死亡。
		3月4日	母カツと妻節子とを連れて渋民村に帰る。
		4月14日	渋民尋常高等小学校尋常科の代用教員に採用され、初出勤。月給は八円。
		6月10日	父一禎の宝徳寺再住運動を兼ねて上京、千駄ヶ谷の新詩社に滞在。
		7月3日	帰郷後、小説「雲は天才である」を書き始める。八日には途中のままにして小説「面影」を執筆する。十三日に脱稿。
		11月22日	活字となった初の小説「葬列」前半五十七枚を脱稿。十二月、「明星」に掲載される。
		12月29日	長女京子が誕生する。出生届けは翌年一月一日。
1907年（明治40年）	21歳	1月1日	函館の同人雑誌「紅苜蓿」（苜蓿社）に「公孫樹」「かりがね」「雪の夜」の3編を発表。
		3月5日	父一禎が宝徳寺再任を断念して家出。この頃妹光子も学費の支払いに困り盛岡女学校を退学。
		3月20日	北海道での新生活を思い、函館・苜蓿社の知人、松岡政之助（蕗堂）に函館行きを依頼。
		4月19日	高等科の生徒を引率して校長排斥のストライキ。二十二日免職の辞令が下る。
		5月4日	妻子は盛岡の実家、母は渋民の知人宅に託し、啄木は妹と北海道に出発。妹は小樽の次姉トラ宅へ寄寓。一家離散状態となる。
		6月11日	友人吉野章三の紹介により、函館区立弥生尋常小学校の代用教員となる。月給十二円。

7月7日	妻節子、娘京子とともに北海道に来る。八月二日には野辺地にいた母を迎えにゆき、函館へ連れ帰る。妹光子も小樽から呼び寄せ、一家五人の生活が始まる。
8月18日	小学校在職のまま、宮崎郁雨の紹介で函館日日新聞社、遊軍記者となる。「月曜文壇」「日日歌壇」をスタート、評論「辻講釈」を連載。
8月25日	函館大火に遭遇。弥生尋常小学校、函館日日新聞社とも焼失。小説「面影」など「紅苜蓿（べにまごやし）」第八号の原稿のすべてを焼失。啄木は札幌での就職を考え九月十一日、弥生尋常小学校の大竹校長に辞表提出。
9月13日	函館を出て札幌へ。北海道庁勤務の向井永太郎（夷希微）の斡旋と北門新報記者小国善平（露堂）の紹介を受け、北門新報社へ校正係として就職。月給十五円。途中、妻節子ら家族を小樽の次姉トラ宅に預ける。
9月16日	北門新報社出社。「北門歌壇」を開設。
9月27日	小国露堂の勧めで、北門新報社を退社し新設される小樽日報社へ転出。小樽の次姉トラ宅に身を寄せる。
10月1日	小樽日報社に初出勤。社長は初代釧路町長で衆議院議員の白石義郎。北鳴新報から合流した同僚の野口雨情と三面記事を担当。月給二十円。二日、妻節子と京子、母カツとともに花園町に間借。
10月15日	小樽日報創刊。野口雨情らと主筆の岩泉泰（江東）の排斥運動を起こす。野口雨情は退社したが啄木は慰留され、月給二十五円となる。
11月16日	小樽日報の白石社長が岩泉主筆を解任。二十日　啄木の推薦により、「紅苜蓿」同人の沢田信太郎（天峯）を主筆に迎える。
12月12日	事務長の小林寅吉に殴打され、退社を決意。二十日に辞表が受理される。

1908年（明治41年）	22歳	1月4日	社会主義演説会で西川光二郎らの講演を聞く。日記に「社会主義は自分の思想の一部」と記す。
		1月13日	沢田信太郎の斡旋で白石社長に会い、釧路新聞社に就職が決定。
		1月19日	妻子を残し小樽を出発。二十一日に釧路到着。二十二日　釧路新聞に初出社。月給二十五円。身分は三面主任だが総編集を任せられる。
		2月1日	釧路新聞に花柳界を取り上げた「紅筆便り」の連載を開始。二月中頃から芸者小奴との交流深まる。
		3月28日	主筆日景安太郎との確執や創作生活への憧れから新聞社を欠勤しがちになり、釧路を離れる決意を固める。
		4月5日	釧路を出発、七日に函館着。小樽の母、妻子を迎えに行き函館の宮崎郁雨に託す。二十四日単身海路で上京。
		4月28日	東京に到着し、千駄ヶ谷の新詩社に数日間滞在する。与謝野夫妻と再会。
		5月2日	与謝野鉄幹に誘われて森鷗外宅での「観潮楼歌会」に参加。伊藤左千夫、北原白秋、佐佐木信綱、平野万里らが出席。
		5月4日	郷里の先輩、金田一京助の尽力により、本郷区菊坂の赤心館に下宿を定める。上京後一カ月で「菊地君」「病院の窓」「母」「天鵞絨」「二筋の血」を執筆するも、売り込みは失敗。
		6月4日	森鷗外を訪問。「病院の窓」「天鵞絨」の出版社への紹介を要請。
		6月23日	夜半から二十五日にかけて二百五十首ほど短歌をよむ。その内の百十四首を「明星」七月号に「石破集」として掲載。
		9月6日	金田一京助の厚意により、下宿を本郷区森川町の蓋平館別荘に移す。

		11月1日	東京毎日新聞に小説「鳥影」の連載を開始。十二月三十日まで続く。
		11月5日	「明星」が百号で終刊。
1909年（明治42年）	23歳	1月1日	平野万里らと準備してきた「スバル」を創刊。啄木は発行名義人。小説「赤痢」を掲載。二月一日には「スバル」第二号を発行。二号の編集方針をめぐり平野万里と対立。
		2月3日	同郷の佐藤真一（北江）東京朝日新聞社編集長に履歴書と「スバル」を送付し、就職斡旋を依頼。七日にも訪ねて懇願、二十四日に校正係として正式採用が決定。
		3月1日	東京朝日新聞社に初出勤。月給二十五円。
		4月3日	この日から六月十六日にかけてローマ字で日記を綴る。四月七日より「ローマ字日記」が始まる。
		6月16日	宮崎郁雨に伴われて函館を出た妻節子、長女京子、母カツを上野駅に迎える。本郷区本郷弓町二丁目十八番地の新井こう宅（喜之床）の二階に間借り。四月七日から書き始めた「ローマ字日記」を閉じる。
		10月1日	「スバル」第一巻第十号に「葉書」を掲載。
		10月2日	上京以来、妻節子、母カツの確執から生ずる精神的葛藤、胸膜炎に加え、郁雨に嫁ぐ妹ふき子の結婚を手伝うという事情もあったことなどから、書き置きを残して京子と共に盛岡の実家へ帰郷する。夫啄木への抗議として実質的には家出であった。
		10月26日	節子が、金田一や新渡戸仙岳の計らいで盛岡の実家より帰宅。郁雨が節子の妹ふき子と結婚。
		11月30日	東京毎日新聞に評論「食ふべき詩」を連載（七回）開始。12月、同紙に詩「心の姿の研究」を発表。

1910年（明治43年）	24歳	1月1日	「スバル」第二巻第一号発行。この号より発行名義人が江南文三に代わる。
		2月2日	青森県野辺地に寄宿していた父一禎が上京。
		4月4日	上司渋川柳次郎（玄耳）にすすめられ処女歌集出版を計画。その編集をはじめる。
		4月7日	東京朝日新聞社の池辺三山主筆から、退社する西村真次が担当だった『二葉亭四迷全集』の編集引き継ぎを命じられる。五月十日に第一巻が発刊。
		4月11日	歌集「仕事の後」の編集を終える。翌十二日、「仕事の後」の原稿を春陽堂に出版依頼するが、数日後に返却。
		6月3日	幸徳秋水の拘引が報道される。五日には新聞各紙が秋水らの「陰謀事件」を報道。この事件に衝撃を受けた啄木は、社会主義関係の書籍を愛読。思想上の転機となる。
		8月22日	魚住折蘆が東京朝日新聞文芸欄に「自己主張の思想としての自然主義」を発表。啄木はこれの反論として同月下旬に「時代閉塞の現状」を執筆したが掲載されなかった。
		9月15日	渋川柳次郎（玄耳）社会部長の尽力で、東京朝日新聞に新設された「朝日歌壇」の選者に抜擢。翌年二月二十八日まで八十二回に渡って担当する。
		10月4日	長男真一、東京帝国大学医科大学付属病院にて生まれる。東雲堂書店と歌集出版の契約を結び二十円の稿料を受領。
		10月9日	東雲堂に歌集の書名を「一握の砂」とすることを連絡。
		10月27日	長男真一死亡。二十九日に浅草了源寺で葬儀。
		12月1日	『一握の砂』刊行。序文を藪野椋十（渋川柳次郎）が執筆。五百五十一首を収録し、一首三行書きの形式とする。定価六十銭。

1911年（明治44年）	25歳	1月3日	友人の弁護士平出修を訪問。幸徳秋水ら二十六名の社会主義者に対する刑法第七十三条の罪に関する特別裁判内容を聞き、秋水が獄中から担当弁護人に送った陳弁書を借用し筆写する。
		1月13日	朝日新聞社の記者、名倉聞一より読売新聞社の土岐善麿（哀果）を紹介され対面。文芸思想雑誌「樹木と果実」の創刊について相談。
		1月18日	幸徳秋水らに死刑判決が下り衝撃を受ける。五月には「V'NAROD'SERIES A LETTER FROM PRISON」を書き上げ、大逆事件の真相を伝えようと計画する。
		2月1日	東京帝国大学医科大学付属病院三浦内科で慢性腹膜炎と診断され、四日には同付属病院青山内科へ入院。二月七日、三月六日と二度の手術を受ける。
		3月15日	退院し、自宅療養に入る。
		6月3日	節子の実父堀合忠操が函館の樺太建網漁業水産組合連合会に就職し、家族は函館へ移住。節子は家族を見送るための帰省を懇願するが、啄木は許さず、堀合家と絶縁関係に。
		6月15日	十七日にかけて「はてしなき議論の後」九編の詩を執筆。うち六編を「創作」に発表する。更に二十五日「家」、二十七日「飛行機」の二編を加え、第二詩集とすべく「呼子と口笛」を編集。
		7月28日	節子、東京帝国大学付属病院青山内科で診察を受け、伝染性の肺尖カタルと診断を受ける。
		8月7日	宮崎郁雨の援助により小石川区久堅町七十四番四十六号の借家へ引っ越す。
		8月21日	「詩歌」（一ノ六号）へ短歌「猫を飼はば」十七首を送る。活字となった最後の歌となる。
		9月3日	経済的困窮と感情的不和により、父一禎が次姉トラの嫁ぎ先である山本千三郎宅へ家出。この頃、宮崎郁雨が節子に送った手紙をめぐり啄木が激怒。郁雨と疎遠になる。

1912年（明治45年）	26歳	1月17日	クロポトキンの「ロシアの恐怖」を写し終わる。
		1月21日	森田草平に手紙で金策を要請。翌二十二日、森田草平が夏目漱石夫人からの見舞金を届ける。
		1月23日	母カツが正式に肺結核と診断される。喀血が続き重態となる。
		1月29日	朝日新聞の佐藤北江編集長が有志から見舞金三十四円四十銭と新年宴会酒肴料三円を届ける。啄木は原稿用紙や本の購入の為外出。これが最後の外出となった。
		3月7日	母カツが死去。享年六十五歳。九日に土岐哀果の生家、浅草等光寺にて葬儀。
		4月5日	啄木が重態との知らせを受け、父一禎が上京。
		4月9日	土岐哀果の奔走により、東雲堂書店と第二歌集の出版契約を結び、二十円の稿料を受け取る。
		4月13日	午前九時三十分、妻節子、父一禎と若山牧水にみとられながら永眠。
		4月15日	佐藤北江、金田一京助、若山牧水、土岐哀果らの協力により、母と同じく、浅草等光寺で葬儀。法名は啄木居士。遺骨は等光寺に仮埋葬するが、翌年三月二十三日に函館の立待岬に移される。
		6月20日	第二歌集『悲しき玩具』を東雲堂書店より刊行。歌集を名付けたのは土岐哀果。

（年齢は満年齢表記とした）

主要参考文献

※紙幅の都合上、解説の注に載せた文献に関しては省いた。

【全集・辞典等】

『石川啄木全集』全八巻（筑摩書房　一九七八年五月～一九七九年一月）
桑原武夫編訳『啄木　ローマ字日記』（岩波文庫　一九七七年九月）
国際啄木学会編『石川啄木事典』（おうふう　二〇〇一年九月）
岩城之徳編『石川啄木必携』（学灯社　一九六七年十二月）
岩城之徳解説・今井泰子注釈『日本近代文学大系23　石川啄木集』（角川書店　一九六九年十二月）
今井泰子・上田博編著『鑑賞日本現代文学　第六巻　石川啄木』（角川書店　一九八二年六月）
佐藤勝編『石川啄木文献書誌集大成』（武蔵野書房　一九九九年十一月）

【単行本・論文】

国際啄木学会編『論集　石川啄木』（おうふう　一九九七年十月）
国際啄木学会編『論集　石川啄木Ⅱ』（おうふう　二〇〇四年四月）
今井泰子『石川啄木論』（塙書房　一九七四年四月）
藤沢全『啄木哀果とその時代』（桜楓社　一九八三年一月）
助川徳是『啄木と折蘆――「時代閉塞の現状」をめぐって』（洋々社　一九八三年六月）

岩城之徳『石川啄木伝』（筑摩書房　一九八五年六月）
遊座昭吾『石川啄木の世界』（八重岳書房　一九八七年三月）
上田博『石川啄木の文学』（桜風社　一九八七年四月）
近藤典彦『石川啄木　国家を撃つ者』（同時代社　一九八九年五月）
小川武敏『石川啄木』（武蔵野書房　一九八九年九月）
上田博・田口道昭『啄木評論の世界』（世界思想社　一九九一年五月）
塩浦彰『啄木浪漫―節子との半生』（洋々社　一九九三年三月）
村上悦也・上田博・太田登『一握の砂』（世界思想社　一九九四年四月）
近藤典彦『石川啄木と明治の日本』（吉川弘文館　一九九四年六月）
平岡敏夫『石川啄木論』（おうふう　一九九八年九月）
近藤典彦『『一握の砂』の研究』（おうふう　二〇〇四年二月）
望月善次『啄木短歌の読み方―歌集外短歌評釈一千首とともに』（信山社　二〇〇四年三月）
中山和子『中山和子コレクションⅡ　差異の近代』（翰林書房　二〇〇四年六月）
太田登『日本近代短歌史の構築―晶子・啄木・八一・茂吉・佐美雄―』（八木書店　二〇〇六年四月）
山下多恵子『忘れな草　啄木の女性たち』（未知谷　二〇〇六年九月）
池田功『啄木日記を読む』（新日本出版社　二〇一一年二月）
木股知史『石川啄木・一九〇九年　増補新訂版』（沖積社　二〇一一年七月）
戸塚隆子「石川啄木『呼子と口笛』論―成立過程に見る視点の位相―」『国語国文学論考』（笠間書院　二〇〇〇年四月）

〈著者略歴〉

西連寺　成子（さいれんじ・しげこ）

神奈川県生まれ。明治大学大学院文学研究科博士後期課程単位取得退学。専門は日本近代文学。主にジェンダーの観点から石川啄木を研究。現在、明治大学兼任講師、日本獣医生命科学大学非常勤講師、国際啄木学会理事。論文に「啄木と活動写真—モダニズム前夜の啄木の映画受容」（『国際啄木学会研究年報』第13号、2010年3月）など。

啄木「ローマ字日記」を読む

二〇一二年四月十一日　第一版第一刷発行

著者　西連寺成子

発行者　阿部黄瀬

発行所　株式会社　教育評論社

〒一〇三－〇〇〇一

東京都中央区日本橋小伝馬町2－5　F・Kビル

TEL　〇三－三六六四－五八五一

FAX　〇三－三六六四－五八一六

http://www.kyohyo.co.jp

印刷製本　壮光舎印刷株式会社

ISBN 978-4-905706-67-0